ラケシスの顰《ひそみ》

白鳥美砂

西田書店

初めに終りありき
そは完璧な無　始原にして終末　瞬間にして永遠
汝　そは何と問うことなかれ
答なき問いを問うは賢者の愚行なれば

昔響いたものが　ふとまた鳴りだす
喜びも悲しみも唄になる

ゲーテ

「夜があけないうちにあの子を迎えにいくわ」義姉《あね》がいった。

義姉は巨大な鏡のこちら側に座って見事な黒髪をといていた。鏡はとても高い所にかかっていたので、彼女は映った自分の姿をみるのに少しのけぞり加減にしなければならなかった。

「自転車で行くのかい？」兄がきいた。

「まさか、四光年も先じゃないの」義姉はそう答えて玄関へ手袋をぬぎにいった。

兄は悟りすましたように彼女から目をそらした。私は義姉の名をいいたくない、以前にはいったかもしれないが今はもういいたくない、余りに哀しすぎるから。そもそも他の人達が彼女をよんでいるよび方は彼女ににあわない。私は長居をせず速やかに辞去した方がよかったのかもしれないが、そうもいかなかった。私を迎えにくるリムジンは明日の午前十時でないと到着しないし、義姉が未明にでかけてしまえば誰が兄の朝食を作ってやるのだろう。兄は美食家だが自分で料理はしなかった。私は多少の躊躇《ちゅうちょ》はあったが泊っていかざるをえないと思った。義姉にしても特段の不都合はなかろうし、兄にも結局はそれで都合がよかったのだ。

「義姉さん、構いませんか?」私は義姉にきいた。

義姉は小さく肯いた、昔の義姉とまったく同じ仕草だった。義姉はめったに笑わない人だった。ただ小さく肯いて大きな緑色の瞳で私をみつめるだけだ。何の心配もない訳ではないことはよくわかっていたが他にどうしようもなかった。私は義姉の肩に軽く手をおいた。

義姉が居間のソファーに私とはすむかいに座っていると、その体内に命を宿しているのがわかった。昔のようなふっくらした丸顔となだらかな肩だった。妊娠しているとはとてもみえなかった。ただ立っているときはさすがにそれとわかった。人類の再生産を担う性だけがもつ厳粛さが漂っていた。私は少し感動したが何も気づかないふりをしていた。義姉よりも私の方が年下とはどうしても思えなかった。

「何も心配いらない、義姉さんの人生にはよい事だけがあるよ」といった。

がすぐに芝居じみたことをいった自分が恥かしく思えて、たちあがり窓の方へいった。隣室では白金の櫛がリノリウムの床におちる音がした。夜が深くなっていった。


「白鳥さんによろしくね」

「誰?」私はきいた。

「山荘で働いている人よ、私も元気だと伝えてね」

なぜ私がその人に義姉からの言伝《ことづて》をしなければならないのか訝《いぶか》しかったが、目顔で頷《うなず》いておいた。

「必ずよ!」義姉も目顔で念をおしてきた。

兄が居間に戻ってきて上着の襟を正した。兄は航空宇宙局の技士だった。

「よし、出発だ」

「うん」私もたちあがった。

私は旅行の品々がつまったバック・パックと小振りのスーツ・ケースをとりあげた。そこそこ重かったがこちらへくるとき、兄達への土産のつもりでもってきた荷物がなくなったので多少は軽くなっていた。私は義姉とむかいあって立っていた。私の方が頭一つ分位背が高かった。義姉は少し背が低くなったのだろうか。私の背が伸びた訳はない、そんな年頃ではもうないのだから。義姉の髪は艶やかで美しい、太い直毛で濡れたように黒かった。子供の頃、父が私の髪を手櫛ですくようになでてくれたみたいにそれを愛撫したかったが、兄の手前、そして何より義姉のためにそれはさし控えた。

「お帰りはいつ頃になるかしら？」

「この坊やを海のむこうのセンターまで送っていくだけだ、来週の今日の夕刻前には帰宅できる筈だ」そういって兄は玄関をあけた。

「じゃあ……」いいながら私は義姉の手をとった。

何の意志もないかのように、ひたすらさり気なさしか感じさせないように軽く握った。義姉は私の軽さより心なしか強く握り返してきた。

「……いってきます、義姉さん」

「いってらっしゃい、光太郎、しっかりね」

私は兄についてリムジンにのりこんだ。


――でも義姉は未明にはもう出発しているはずだ、今私達の相手をしていたのは一体何なのだろう？　私はふとそう思った。

リムジンがマロウド街にでて高速道路にのると、窓ガラスの外を後方にさかれて流れる外気はもう冷たそうに思われた。途中山荘によるのを忘れる訳にはいかない。兄も私もその程度の私用は許される状況にはあったし、時間の余裕もあった。三番目の立体交差をすぎて次のジャンクションで左におり、緩やかなつづらおりの坂を二十分程登り右に緩やかにカーヴしてゆくと、楡《にれ》の林の中にコロニアル風の木造りのファサードが見えてきた。百年前から天然木はとても稀少かつ高価なもので、この山荘の格式を偲ばせた。

「彼女もあんな身体だから、一人は心細いんだろう」

私は何とも答えなかった、義姉が、それが一瞬であれ永遠であれ一人であることを苦にする質《たち》とはどうしても思えなかったが、それを兄に指摘するのは煩《わずら》わしかったし、うまくできそうもないと思えた。兄は続けて、

「もう三月《みつき》程だそうで、順調だと保健医はいっていた。あれの妹にも二度つきそってもらったんだ、何の心配もいらないそうだ」

それから兄は話題をかえて、今度のスペース・イミグレーション・プロジェクトのこと、そして山荘のことやらに関してひとり言のように話した。

「あそこはとても年代を感じさせるいいロッジだ、お前も今度のミッションから帰って局のリハビリがすんだら一カ月位滞在するといい。俺から白鳥さんに頼めば料金外で実にさりげなく気を配ってくれるよ。妻の学校時代のゼミテン（ドイツ語でゼミナリステン＝ゼミ

の仲間）だったそうだが接客の達人だね。客の顔つき・服装・ちょっとした仕草・言葉遣いなんかで、大凡《おおよそ》のタイプや職業がわかるんだってさ。おし殺したような色気があるんだ、それを暑苦しいと嫌う人もいるかもしれないが俺はすきだな。何より騒々しくないのが好ましいよ」

兄はコールマン髭をはやしていた。ちょっと苦み走ったなかなかの男前だ。私が女だったら絶対放ってはおかないタイプだった。兄もそれをよくわかっているが、それをいいことに女心を玩《もてあそ》ぶようなことは決してしなかった。華も実もある文句のつけようのない色男といった風情だ、そんな兄はいつも私の憧れだった。


山荘の正面車寄せでリムジンをおりると、兄はシャツの第一ボタンをかけタイをきちんとしめ直した。たしかに外気はひんやりしていたのだ。山荘の正面玄関上方には小さな破風屋根が三つあり、真ん中の破風屋根の下には、蛇を足下《そっか》に捉《とら》えた鷹を図案化した紋章のレリーフがかかっており、その一メートル位下二カ所に夜間それをてらしだす照明灯がついていた。

「左の破風屋根の部屋が幹部スタッフの部屋だ」兄がいった。

玄関前の楕円の花壇はバロック庭園のように左右対称の植栽になっていて、その後方には今登ってきた緩斜面の広がりが展開しており、点々と立木が認められた。それらは自然にそこにはえているように綿密に計算されてそこにうえられている。何世紀か前にイングランドで流行ったやつだ。その中の数本には幹に梯子がかけられ上《うわ》っぱりを着た職人達が枝葉をトリミングしていた。私は視力が右二・〇左が一・八ある。

フロント・ロビーはふきぬけで天井は意図して木組みを露わにしてあった。床は極厚のアイリッシュ・キルトのような絨毯がしかれていて、昔家族で北国の母の実家の牧場《ぼくじょう》を訪れたときうまれて初めて土の地面をふんだ際、霜柱がたっている所をふんだ感触を想いださせる。もちろん霜柱の様にサクッという音はしないし、ただ足下にふみしだかれるだけではなく強《したた》かにおし返してくるようではあったが。兄が受付カウンターの女性になのって白鳥マネージャーの知人だがお目にかかれるかときいた。女性は確認するのでロビーでかけてまつようにといって、業務用インターフォンをとりあげた。我々はロビーへゆき座った。我々以外にダーク・スーツの男連れが三人、夫婦者と思しき一組と、十位《とお》の少女をつれたその母親と思しき女の、三組が奥の方にかけていた。夫婦者の二人は、非常に高価ではないかもしれないが長年大事に着続けてすっかり体になじんだ服で、靴の先まで全体の調和に意を用いた身仕舞いをしていた。少女は三つ編みのおさげが今どき珍しい感じで、母親の意匠なのだろうか、限りなく白に近いごく淡い桃色のブラウス、マスカット・グリーンのプリーツ・スカート、踝《くるぶし》の上に重ね下した真っ白なソックスにこい栗色の短靴がよくにあっている。モダンな古めかしさを纏ったようだ。

やがてカウンターの奥から女性がでてきてこちらにやってきた。

「おまたせ致しました」

そういって兄に一礼し、すぐに私にも軽くではあるが丁寧を欠かない礼をした。馴染みの客とその連れに対する挨拶の濃淡のつけ方はじつに適切で、最初はマニュアルをよみ頭で学習したのだろうが、限りない頻度での反復の結果、条件反射のように肉体の一部になっていた。それが白鳥さんだった。

「やあ、郁子さん」

兄が名で呼びかけたのは意外な気もしたが、特に無理をした気配もなければ、彼女の方もふりかかった塵を払うようなそぶりは微塵も窺えなかった。

「これは弟の光太郎です。同じ局勤めですが、こいつは今話題のプロジェクトのクルーで選良です。服をきているとすぺーっとした甘ったるい優男《やさおとこ》にしか見えないが、贅肉のないいい体をしてるんですよ。機会があれば貴方にもお目にかけたいものです、たしかそういうのがお好みでしたよね」

こんな砕けたことをいえる距離感のしりあいらしい。

「まあ、それは楽しみですこと」

そういって私の目を一瞬ではあるが正面からみすえた彼女の目から、何らかの感情をよみとるのは不可能だった。それでも水面にぽちゃんと小石がおちたような波紋が、私の心に広がった。

「小一時間程よろしいですか」

「ええ、次のシフトまで時間がありますから。ラウンジへまいりましょう」

彼女は制服でなく私服にきがえていた。

「こいつは一カ月後、例のミッションでとびたつんです、戻るのは九年後です。……何か温かい物がほしいな、少し肌寒い感じだ、ココアをいただけるかな」

「畏《かしこ》まりました、光太郎さんは何になさいますか?」

「紅茶をいただきます」

「紅茶は何を?」

「プリンス・オブ・ウェールズで結構です」

彼女は席をたって給仕の方へいき注文を伝えたようだった。客のように給仕をテーブルによぶことはしなかった。彼女の歩き方は義姉のとは随分違っていたが、ヒールのある靴のせいだろう。義姉は妊娠する以前からヒールのある靴をあまりはかなかった。女としてはかなり長身なせいもあるのだろうが、膝を支点に両脚を小刻みに前にくりだして体を運ぶといった歩行を、どこか人工的だといって嫌っていた。


「志願されてのことですか、それとも命令でしょうか。どちらにしてもよく決心されましたわね、当然躊躇もおありだったでしょうに」

「命令でした。いわれた時は選抜されたということはわかりましたが、さすがに即答はできませんでした。いかさま長期のミッションだし、どんな境遇の人間にとっても先の人生行路を大きくかえることになりますから。独身者か、既婚者の場合は子供が独立しているか、また離婚者は差支えないですが、未成年の子供がいて女性が再婚していない者は除かれたようです。むろん軍人からの選抜もありえたでしょうが、わが国ではそれは見送られたようです、理由はしりませんが。決めるのに一週間やるといわれました。今の私には何の柵《しがらみ》もありませんし、むこう十年の間にどうこうという人生設計もなかったのですが、どんなに受け身な人生を送っているからといって、いや受け身なればこそかもしれないが、何かが、それもよいことが起るかもしれないという、漠然とした根拠のない期待は抑えられません。そうでもなければ人はいきていけませんからね。このミッションをうければそういった地上での可能性を相当程度放棄することになりますから。もちろん無事生還したら歴史に名を刻む英雄でしょうが三十代後半になっているわけですから」

「帰ってこられない可能性もあるんですか? あら、御免なさい、私一番いってはいけないことをいってしまいました」

「いいんです、あなたが気にする程私の心を荒だてはしません。最新の量子コンピューターに、既得の全てのデータをインプットして成功の確率をはじかせた上に、我々が現時点で把握しきれていないと推測される要素を網羅して、それを調整要素としてでてきた最終数値は八十九パーセントだそうです。いい数字ですよ、九十八なら申し分ないですが贅沢はいえません」

「十一パーセントはどこからくるのでしょう?」

「宇宙での気象の変化、予想できない飛行天体、機械的故障等、不測の事態は多々考えられます。あと、僅かとは思いますが人為的ミスも決してゼロとはいえません。しかしシップに搭載のコンピューターは、搭乗員の判断が、地上的な事柄に対するノスタルジー等の気分に影響されるのは、徹底的に排除するようにプログラムされているし、そもそもクルーの人選に際しては、よくいえば冷静、有り体《てい》にいえばどこか人生を達観したようなところがある人間、例えば私のことですが、冷徹なレアリストや、タフで陽気な人々をくみあわせて選抜されています。それでもやはり人間は壊れ物ですから、生理的・精神的に絶対変調を来《きた》さないとは保証できません」

「十年近くもとざされた空間で、大勢でくらすのはどんなでしょう?」

「総勢で七人です、しかも、みんなが一つ場所に集まるのはそんなに四六時中という訳ではありません。各自五十平米位の個室空間があてがわれます。それに我々の太陽系をでて目的地までに二度大きな進路変更の操作があるんですが、それ以外の操船はＡＩと人間一人で十分なんです。でもまあ、不測の事態への対処を考慮してもう一人置いて常時二人チームとして、一人ずつ入れ替わりで地上のような睡眠・覚醒をくり返す生活をします。内二名の科学者は彼らの作業期間とその前後以外は、行程中ほとんどの時間は冷凍睡眠されるし、操船担当のクルーの三名と医療クルーの二名を合わせた五名中から常時三人体勢です、そう暑苦しくもありません。むしろ航海が軌道にのった時点からは、不断に緊張しながらも特異な単調さがもたらす無聊《ぶりょう》にたえるという、ある種、自家撞着した苦行があるかもしれません」

「そうですか……、よいご旅行をと申しあげるのもそぐわない気がするし、ご無事をお祈りしますというのが適当でしょうか」

「まあ、そんなところでしょう」

「お帰りになるときは男盛りでいらっしゃるのね」

「すごく有名な科学者の説では、超高速移動する宇宙船内では時間がゆっくりすぎるという話ですから、年をとりにくいかもしれません。でも人体の生理は地球時間で進行すると思いますから、とても青年とはいえないでしょうね」

「地上の私は老婆になっているかしら?」

「そこまで長期のミッションではありません。でも、もし私の帰還が間に合わなかったら、お墓参りに伺いますよ」

「山百合を供えてくださいましね。墓前の供花としては匂いが強すぎるかもしれませんが、私は好きなんです」

「畏まりました」

とびきり上手くいったときの水切りの小石のような小気味よい笑いが弾けた。


そのとき年配の給仕人がのみ物を運んできた。

「お久しぶりです、○○様」

「ああ、勅使河原さん、大変ご無沙汰をしました。弟の方は十何年ぶりじゃないでしょうか、最後は確か……」

「おやまあ！ これがあの光太郎様ですか、ご立派になられました。最後に皆様でおこしになった際は中学生になったばかりの頃だったと記憶しております、たしか秋口におみえになりました。ご家族の皆様を一堂に拝見したのはそれが最後でした。あっ、申し訳ございません、懐かしさのあまりつい……」

「いいんですよ、我々にとっても父の居場所はもう思い出の中に移りましたから」

兄達が話している間に私の想いは死んだ父の方へゆらゆらと帰っていった。十一年前に交通事故で父はなくなった。スピードがすきな人で、イタリア製のカブリオレを所有してよくとばしていた。レーシング・ドライヴァーのB級ライセンスをもっていて、兄はよくのせてもらっては『もっと速く！ 父さん、もっと速く！』といってはしゃいでいた。私は一度だけ同乗したが、速いのが怖くてそれ以降はいつも嫌がってのらなかった。母や他の人達にいわせると決して無茶な運転ではないとのことだったが、私には何かが疾走するのを眺めるのは快感だが、速度感が直《じか》に身体におしよせてくるような状況が苦手で好きになれなかった。後で運転免許は取得し必要な時にはハンドルを握ることはあるものの、車にはほとんど興味がわかずにこれまできた。

事故のあった日は晩夏の暮れなずむ夕刻で、父は食事前にちょっと外の空気をすってくるといって一人で出ていった。一時間程して私たちが空腹を我慢しきれなくなり、父ぬきで始めようと母にせがんでいた時警察から連絡があった。丘のそば道を父は下っていたらしい。道はセダン以下の車なら一台ずつがまあ楽にすれ違える幅員はあったが、ヘアピン・カーヴで対向車があり互いに互いをさけようとして、相手は片側の斜面にのりあげ惰力で横転、半回転してひっくり返った亀のように道路上に停止したが、同じくさけようとした父の方は遠心力を制御しきれずにふられ、路外へとびだし丘の斜面を転がりおちた。そこはガード・レールが設置されていなかった。幌を畳んでオープン・カー様にしていたので横転中車外になげだされたらしく、遺体は損傷が激しくて母は確認時やや辛い思いをしたそうだ。

葬祭業者が顔面形成のメニューを三種類提案したが、母は目鼻立ちさえちゃんとして会葬者に不快感を与えない程度に復元できればいい、すぐ焼却されて灰になるのだから、といって一番安いメニューを選択した。母は概して即物的な物言いをする人で、状況によっては彼女をよくしらない人に誤解を与えることもあった。兄もその傾向をうけついでおり、「そうだね」といったきりだった。

葬儀屋は松竹梅の梅を注文された食堂の給仕のような顔をしたが、私の視線に疾《と》く気づいてすぐ沈痛気味の表情に戻した。

「隙のないダンディーでいらっしゃったけれど、お側にいてもちっとも堅苦しさを感じさせない方でしたわ」

白鳥さんの声が遠くの方にきこえた、三人は在りし日の父の輪郭をなぞっているらしい。

私達は父の職業をよくしらなかった、おかしな話だが兄もはっきりとはしらないようで、

私がきいたときには、

「お父さんは商人だと思う」と答えた。

「何を売り買いしてるの?」ときいても自分もしらないといっていた。

父に直接きけばよさそうなものだが何となくきいてはいけないような気がして、母にきいてみても肩を竦《すく》めてよくしらないとの返事だった。彼女が嘘をいっているようにもみえなかったのでそのままにしておいた。この辺に関しては我々は変な家族だったかもしれない。


父の通夜にはごく近親の人々だけ、告別式には、加えて近隣の人々以外はあまり多くの会葬者はなかったが、それでも数人の男たちがきたが私は誰一人見覚えがなかった。みんな、胡散《うさん》臭いというのではないがどこか得体《えたい》の知れない雰囲気があった。黒い礼服は高価そうな生地を入念にしたててあり、身のこなしや物言いはまったくそつのないものだった。

「この度はお悔やみを申しあげます。故人には生前大変お世話になっておりました。突然のことで何と言葉をおかけしたものか途方にくれております。どうかお気を強くおもちになられますように」

後で母にそれとなく尋ねてみたが、一人だけ二、三年前に家にきたことのある、剃刀《かみそり》のような目をした体格のよい人物以外は、見たことも聞いたこともない人々とのことだった。女の弔問客も母の関係者以外にはほとんどなかったが、ただ一人、三十前後と思しき人が、めだたぬように気を遣いながら霊前に進みでて別れの挨拶をすませると、遺族席にむかい、母、兄、そして私の前に順次たちどまるとゆっくり丁寧に礼をした。頭をあげながら一瞬我々一人一人と目をあわせた。強度の近視なのだろうか、その視線は私達を通りこして背後にある何かを見ているように感じられた。目鼻立ちや身体全体にいいしれぬその人ならではの華《はな》やぎが漂っていた。そして私達の前を歩みさって霊場の出口にきえていった。さりげに黒い喪服に包まれた白い豊かな肉体を想像させる姿形だった。私は我しらず激しく勃起した。このような状況でじつに不行儀な自分をはじたが、こればかりはどうにもならず、その不謹慎な昂《たかま》りを母や兄に見咎められないかとても気になった。

母もその女性が気になったようで（女として気にもとめずにやりすごせない何かを感じたのだろうと思う）、式後、会葬者の芳名帳をしげしげ眺めながら何か思い当ることがないか記憶をたぐっていたが、特に何もでてこないようであった。会葬者はそれ程大勢ではなかったので礼状は母と私で分担して手書きで宛名書きをしたが（私は子供の頃から字がきれいで、この頃には子供っぽさもまったくない大人びた手になっていた。兄は多少癖字なのでこの作業から外された。あの数人の男達は住所を記入していなかったが、香典の額は大したものだと母がいっていた）、母が最後に全部の誤字・脱字や不都合の有無をチェックしたときも、この女性の分は、頬に手をあてたり人差し指の背を唇にそえたりしながら心当りを探っている様子だったが、結局諦めたようだった。

今もあの人の名前とぼーっと煙ったような眼差しが私の記憶に、そしてあの夢想の肉置《しし》きが私の身体の芯に残っている。

「光太郎様」遠くでそうよぶ声がして我に返った。

勅使河原さんが私に声をかけている、

「光太郎さんはこちらのラウンジのアップル・パイを覚えていらっしゃいますか？」

記憶を辿ってすぐあのアップル・パイに辿りついた。一センチ角程のサイコロ状の林檎の果肉を、薄めたメイプル・シロップで形が崩れない程度に煮込んで食べ頃にさましたのを、米粉《こめこ》をねったクレープ状の薄皮で包み、粉砂糖と適量のシナモンの粉末をふりかけたものだった。たしかにそれは少年時代の私達の大好物であり、親につれられてこの山荘を訪れると必ずこのラウンジでそれをたべたものだった。また父が時々土産にもち帰ってくれたのを電子レンジで温めてたべるのは私達の楽しみの一つだった。暑い季節にはちょっと（長くいれておくと乾燥が始まるので長くても半日以内だ）冷蔵庫にいれておき、ひえたジンジャー・エールをちびりながらたべるのも素敵な感じだった。いわれてみればもう何年も忘れていたものだった。

「当時の菓子職人が今もおりましてね、昨今は酸性雨等のせいで楓自体がとても稀少でオリジナルなレシピを守ると魂消《たまげ》るような原価になってしまいますから、ガム・シロップに何やらうまいことリキュールをダッシュしてやっておりますようで、私《わたくし》などはまったく違いが分らない程です」

「ええ、ぜひいただきたいです」

「お兄様はどうされますか？」

「私は結構です、いまココアをのんでしまったので口が甘いんですよ。コーヒーか何かにしておけばよかったな」

「畏まりました」

「私もいただきたいわ」

十分程でシナモンの香りと共にそれはでてきた。桃とメロンのシャーベットの小振りのスクープが一つずつそえてあった。

「シャーベットをそえるのは私のアイデアなんですよ。林檎が熱いので猫舌の人はさめるのをまつのに丁度いいし、パイをたべながらときどきシャーベットで口をさますのもアクセントになるかと思いましたので」

それは本当に懐かしいものだった。最後にこれを食べたのは何年前になるだろう、私は一きれをゆっくりと儀式のような手ぶりで口に運んだ。

「ああ、そうだ、これだ!」

口中一杯に広がったシナモンのアクセントがきいた甘い香りとともに、往時の情景がゆらーっと想念に立ち昇ってきた。


ある初秋の頃、家族でこの山荘を基点に周辺の観光名所を回ったことがあった。その一《ひと》夜《よ》夕食の後、このラウンジに席を移して今日訪れた所々とその印象、明日訪れる目玉スポットや旅程などを話しあった。各テーブルには石蝋《せきろう》で作った椿や桃の器に液状の蝋をいれたランプがおかれ、燈心の炎のゆらめきがみんなの顔に反映していた。父はブランデー・グラスを左手の人差し指と中指の間に挟んで小刻みに揺《ゆす》っていた、中で琥珀色の液体が波うっていた。母は右手の親指と人差し指と中指でリキュール・グラスを摘《つま》みながら微かに黄みがかった白いお酒を啜《すす》っていた。カリフォルニアで造られた〝ブーニー・ドゥーン・マスカット・カネッリ〟という濃厚な甘さのリキュールとのことだった。私はなぜかこの比較的長いカタカナ名をきちんとききとって覚えていた。特に希少・高価なものでもないらしいが母は好んでいた。兄はあのアップル・パイとアール・グレイのアイス・ティー、私はそれとジンジャー・エールのオン・ザ・ロックだ。十年以上も前のことなので、この家族の肖像はだいぶセピアに褪《あ》せて色は失われている。

私は父から順にクローズ・アップしていった、思い出の映像をコマ送りさせている内にフレームの外から何か音がきこえてきた。それは音楽だ、ソロ・ピアノのようだ。どこかできいたことのある旋律であり歌い回しのような気がする。装飾音を控えた音数《おとかず》を切りつめたシングル・トーンのフレーズが印象的だ。私は意識をすませてその旋律に集中した。するとー気にその演奏は確かな音量をもって記憶に蘇ってきた。〝Welcome to My Dream〟というアメリカの小唄だ。そして私はそのピアノ奏者をも鮮明に想いだした。そのピアニストはこのラウンジで、客の寛《くつろ》いだ語らいやときに気まずい沈黙のBGMとしてラウンジ・ピアノをひいていたのだ。年の頃は六十絡《がら》みか、背は中背で、体型はあの挿絵でお馴染みのハンプティー・ダンプティーみたいにころころした感じで、ちょっと猪首《いくび》でまん丸い禿げ頭が肩の上にコロンとのっている、何ともいえず飄軽《ひょうきん》な微笑ましい印象を与える男の人だった。でも彼の演奏はその外貌とは随分違ったものだった。はしゃいだ饒舌な演奏とは対極の寡黙なスタイルで、スローからミディアム・テンポの曲を（場所柄どうしてもそういう選曲になる訳だが）、あまりダンパー・ペダルを使わず粒立《つぶだ》ちのよい音で旋律を紡いでいた。そして要所でソステヌート・ペダルをふみ低音部を印象的に響かせていた。

“I'm a Fool to Want You”
“Domino”
“A Blossom Fell”
〝煙が目にしみる〟
〝ゴンドリエ〟
〝残されし恋には〟
〝森の小径〟
〝スター・ダスト〟

どの歌もいい曲だと思った。それらは程なくして私の愛聴曲になった小唄達だが、今にして想えばこの時の印象が心の奥でなり続けていたのだろう。私はどうしても次のステージもききたいと父にせがんだ。父はお母さんが許すならいいといったので私は母に懇願した、母はすんなり許してくれた。次のステージは三十分後だったので一旦部屋にひきとり、時間に再び兄と一緒にラウンジに戻り、幸いさっきよりピアノに近いテーブルがあいていたのでそこに掛けた。

“It Never Entered My Mind”

“Little Girl Blue”

〝愚かなり わが心〟

〝惚れっぽいの〟

〝また恋をした〟

“Everything Happens to Me”

最初の二曲はふと苦《にが》みを噛みしめるように、次の三つは性懲《しょうこ》りもない自分を多少の自嘲もこめながら詠嘆的に謳うように、六曲目では達者な喉《のど》もきかせて自虐気味の諧謔《かいぎゃく》が苦笑を誘った。全曲あえて深沈とした風情をさけて、ソット・ヴォーチェでクルーナー的な歌わせ方であった。

さらに〝My One and Only Love〟では一音一音にたっぷりと情感のこもったフレーズを紡ぎ、〝花の街〟という日本の歌曲をレガートで転がしたフレーズはとても耳に心地よかったし、〝'tis Autumn〟という曲では、それまでとは別世界の様にトレモロを多用したパッセージをダンパー・ペダルをきかせてシンフォニックに響かせ、ちょっとした名人芸の趣きさえ感じさせた。

私達は盛大な拍手をおしまなかった、夜のカクテル・ラウンジにわれんばかりの拍手はにつかわしくないが、なにせ子供の手だ、拍手の音もまだ柔らかく騒々しくもなく空間にすいこまれた。我々の共感のこもった拍手には、〝詩人の魂〟で答えてくれた。

その後、何の偶然かこの山荘にくる機会がないまま時がたったが、今彼の名まで思いだした。だが私のしる限り今日に至るまで彼の名が一枚看板に大書《たいしょ》されたことはないようだ。このロッジは格の高い評価をえているので、ここのラウンジでひくということは報酬もまずまずだろうし有象無象では雇われないだろうが、やはりカクテル・ラウンジのイージー・リスンングというのは、ミュージッシャンにとっては決して晴れの場所ではないのではないか。私はもう一度彼の姿を思い描いた、そして彼の音楽を思い返した。なぜかトーチ・ソング（失恋を扱った感傷的な歌）や人生の苦みをかみしめたような曲が多いけれど、場所柄意図してソーダでわったような耳当たりのよい演奏にしてあった。しかしあの時の私にはとても気づきえなかったが、そこにはそこはかとない失意や微かな自嘲、諦念の様なものが通奏低音のようになっていたのかもしれない。彼の音楽には決して淀むような暗さはなかった、あのような場でも彼の音楽には確かな楽興《がっきょう》があった。でも『音楽家《ミュージシャン》』というものに対して、彼が少年時代にはせたであろう夢、青年時代に抱いたかもしれない野望はどうやら叶わなかったし果たせなかったのであろう。それは彼本人も既にあの時点でそれとなく、いやはっきりと自覚していたのかもしれない。そうだとしても、やはり人は何かに縋《すが》ってその身を支えなければたっていられないものだ。彼もあの日、あの時、あのラウンジで、大方《おおかた》きき流されるであろう音楽を奏でながら、自身の夢の綻《ほころ》びをかがっていたのかもしれない。

「さて、そろそろ失礼しようか」そういって兄が席をたった。

白鳥さんも勅使河原さんも玄関ポーチまで見送ってくれた。よんだリムジンがフロント・ポーチにくるまでの間に、私は三十メートル程緩やかな斜面を下って花壇の縁までゆき、ふり仰ぐように山荘の全容を見渡した……。すると破風の下の壁が一部赤くそまっているのに気がついた。意図的にそうぬられたものとはとても思えない不可思議な形状だ、奇妙なレリーフのようにも見えた。……数秒凝視してわかった、それは沢山の赤蜻蛉の群だった。太陽が沈む前に山荘の外壁の僅《わず》かに残った日当りの部分に赤蜻蛉達がむれ集ってその日最後の暖をとっているのだ。日が傾くに従って日当たりの部分の下端が少しずつ上にせりあがって狭くなってゆくにつれ、日陰になった蜻蛉達が順次とびたって、ついに西の丘陵に日が落ちて日当たりが全て消失したとほとんど同時に、残った群が一斉に壁をとびたって、血が洗い流された後のような翳《かげ》った白い壁が現れた。ほんの二、三分の事だった。まるで幻燈でもみている様だった。

そのとき私達のリムジンがフロント・ポーチに滑りこんできたので、私はゆっくりとそちらに戻った。兄と共にのりこみドア・ガラスをおろしお二人に別れの会釈をした。

「ミッションの成功をお祈り致します」
「無事のお帰りをおまちしておりますわ」
私は返礼しようとして、突然義姉から白鳥さんへの挨拶をいいつかったのを思いだし伝えた。もし忘れたままで、後で忘れたことをふと思いだしでもしたら、記憶の棘《とげ》になっただろう。

「帰投後のリハビリがすんだら一カ月程こちらにつれてきますので、その節は宜しくお願いします。そのときにもまだお二人がこちらにおられるといいのですが」

リムジンは滑るようにポーチを離れ楕円形の花壇を時計回りに回ってゲートをでると、緩やかに左へカーヴしていった。それにつれて楡の木立に包みこまれるように山荘は見えなくなった。

それは　何ものも　人も　鳥も　魚も　虫も
二度と見ないに違いないものだった　時空が
手　足　頭を失った彫像の残骸でしかなくなるときまで

J・シュペルヴィエル

二時間程走って空軍基地につくとハリアー型の小型輸送機が待機していた。私は長官室へ通され指令のコワルスキー中将と手短に挨拶をかわし、離陸までの時間を控室ですごすよう指示された。私はゆっくりと時間をかけてシャワーをあびた。今後はめったにできない贅沢となるのだから。そしてバス・ローブをはおり、椅子に腰かけてゆっくりと最後になるかもしれない煙草をすった。

搭乗機は定刻に発進し大洋を横切り九時間後にセンターに着陸した。ここで一週間位ミッション出発までの日程、操船クルー三名、学術クルー二名、医療クルー二名の業務分担と連携につき最終確認、さらに徹底的な身体検査（精神のそれも当然含まれる）が行われる。また希望者は凍結保存用の生殖細胞が採取される。明確な将来的計画がある訳ではないが私は採取しておいた。

船長のグスタフ・ニールセン少佐＝北欧系アメリカ人、原潜の艦長を四年やっていた人で、強く大きな父性を感じさせる人だ。機関長のマルチェロ・モレッティー中尉＝イタリア系アルゼンチン人、カラッと陽気なラテン系の美丈夫で接していると喉が渇くような男だ。そして私＝日系日本人。以上が操船クルー。

ドイツ人でオックスフォード天文台教授のアルトゥール・オガーマン博士。ペルー人でハロス天文台主席研究員のマヌエル・マルケス博士、のほほーんとした感じの人だ。以上が学術クルー。

ギリシャ人で欧州総合病院・診療内科の医師テオドール・クラヒポテレス教授。そしてロシア出身のフランス人精神科医マリア・トイロフェーワ博士。望むらくは精神科医はもう一人は欲しいところだがシップの収容能力・積載食糧や酸素の面から彼女一人となった。円満な人格者で他のクルーにとって慈母のような、また優しい姉のような存在だ。それも意思の力で自己を律してそうあるのではなく、ごく自然にそうなのだ。だから接していて痛々しくもなければ鬱陶しくもない、本当に羨ましい人だ。以上が医療クルー。

船長と、オガーマン、クラヒポテレスの両博士、そして私、みんな真面目ないい人達だが四人だけだとややしんねりむっつりしがちな恨みがある。一方トイロフェーワ博士、モレッティー中尉はとにかく朗らかで、マルケス博士の悠揚迫らぬ大人《たいじん》ぶり（オガーマン博士にいわせると『あの人は単にぼーっとしているだけですよ』とのことだが。このお二人は体格・性格共に対照的だがなぜかウマがあうらしく、二年前最初にであってから三日目位にはもう遠慮会釈のない口をききあうようになっていた）と合せ、全体としてうまく調和がとれている。スタッフが一堂に会するのは一月《ひとつき》ぶりで、みんなの心に花火がさいたような華やぎが訪れた。関係者一同泡物で乾杯した、これ以降地球に帰投するまでお預けの歓楽だ。

我々搭乗員の滞在区域は完全な無菌状態になっている。外部の者が我々の滞在棟に入館の際は、消毒・滅菌シャワーを浴び送風・乾燥後、防護服を着用し（彼らを守るのではない、彼らが我々を汚染しないためだ）、決して我々と同じ空間を共有することはない。我々は、四面を二枚の強化ガラスの間に三ミリの真空の空間を設けた壁に囲まれた、内部一・一気圧に保たれた室内にいて、彼らとは壁をはさんでコミュニケーションをとり、我々の入・退出は室内の一隅に設置されたエレヴェーターで行われ、エレヴェーター・シャフト内も常時一・一気圧に保たれ、決して外気が流入しないようになっており、外部との物理的接触は最新の科学技術が許す限り遮断されている。

二日目に副センター長の准将から今回のミッションの目的について最終的な確認がなされた。

「へびつかい座のβ星の約二十億キロ南にベルナデット星がある。われわれの太陽の四分の三位の恒星だが、四つの周回惑星をもつ太陽系をなしていることは、随分前からしられている。高速で我々の太陽系に近づいていて、あと千年程すると我々の太陽の南南西二・八光年位のところを通過するはずだ。今回諸君はベルナデット星に可能な限り接近し星年齢とその寿命、中心部及び表面温度、放射線の種類、並びに人体への有害程度、さらに第三、第四惑星の自転速度、公転周期、大気の有無とその組成、表面温度、水の有無等々、配布資料のセクションBの十五頁の第一表の項目を確認していただく、要するに人類が生息しうるゾーンに開拓しうるかどうか検証するための指標類だ」

センターでのプログラムを終了すると、翌日ガラパゴスの西方二百キロ程の宇宙エレヴェーターの発着ステーションに移動した。そこで一泊し次の日の午前十時にエレヴェータ ーにのりこみ、地球の引力と自転による遠心力の均衡地帯に設営されたジオ・ステーションへと一カ月かけて上昇した。

ここで三カ月間、今回の航海に関連する事項すべての確認、機材の作動点検とクルーの作動点検、表現をかえれば最終健診を受けた後、ミッションへと出発するのだ。エレヴェーターをおり控え室へ案内されると、一時間後にオペレーション・ルームへいくように指示を与えられた。

「私がお迎えにまいります」と少尉の肩章をつけた女性がいって部屋をでていった。

具体的には、ベルナデット星への旅程の最終確認、つまり進路変更のためにどの地点でどの天体の重力圏を利用するか、それがどれ程の大きさか、その引力を増幅ないし反発するためのメイン・ドライヴの噴射の強度と噴射時間をどの位に設定して、どの方位に進路をとり次のポイントにむかうか、さらにベルナデット星太陽系の周回惑星の探査順序と惑星間移動時のスウィング・バイのポイント、といった点が最終確認された。数値資料は、過去三十年以上にわたるステーションを基地とした、数次におよぶ無人衛星による調査航海で収集されたものが、地上のセンターに逐一送られ編集されたものをもってきてはいたが、最終的に二十一カ所最新のものに訂正された改訂版が渡された。多くはコンマ以下の修正だがはてしない彼方では数千万キロもの誤差となり、我々は宇宙の放浪者になってしまう。

シップは我々の到着の半年前に完成しており、ステーションの担当者達が搭載AIの作動、空調・照明機器類の作動、水や食料の搬入・貯蔵、そして居住区で実際の寝泊りをして使いならしを行うとともに、新建材等が発するものを主とした様々な臭気の除去をすませてくれていた。そして我々七人が実際に搭乗し、航海中に予定される生活サイクルに従い最低でも三ケ月生活してみて肉体と精神をなれさせる。シップ内は絶え間のない電子機器類のブーンという唸りや種々の機器類の作動音で、うるさいとまではいわないが決して静かとはいえない空間であり、これに馴れるのは必須要件である。これら各機器は、出発後ステーションに帰投するまでは決して作動をとめる訳にはいかないものばかりで、その作動音が気になるようでは精神衛生上重大な問題をひき起す。無論地上でもとざされた空間とたえまないノイズになれる訓練はうんざりする程行われたが、何年も逃げ場のない実際の状況により近い環境で我々の耐性を確認する必要があり、万一、一人でも、たとえ僅かでも生理的・精神的に変調を来す者がでたら、彼は他者に交代されなければならないし（その要員も各クルーに対し二名、計十四名が選抜されて待機している）、それによって計画は最低でも半年の遅れが生ずることになる。また学術クルーのお二方以外の五人は概日《がいじつ》リズムがほぼ同じ人材が選別されてはいるが、やはり微妙に個人差があるためそれを把握し実際の航海中の勤務シフト、休憩・睡眠時間の時間表に調整を加えるためのデータもとらねばならない。

そして最も重要な訓練はAkiko 3号との共同作業である。このＡＩはステーションの専門チームが六年がかりで開発したもので、主任のYukitakeさんのファースト・ネームを取ってなづけられたシステムだそうだ。Akiko Yukitakeはその名からもわかるとおり日系人で何世代も前に先祖が海外移住して後、彼女の家系だけはずっと日本人だけのＤＮＡで続いてきたそうで彼女の国では極めて稀なケースだ。容姿の面ではまったく日本人で雰囲気もじつに楚々とした人だ。ご両親の考えもあり、ハイ・スクール入学以降は毎夏休みには神奈川の親類宅にホーム・ステイし、カレッジ卒業後は三年間日本の大学で情報工学とロボット工学の連携を研究し、その後帰国して博士課程を了えたそうだ。地上三万七千キロの彼方で日本語で会話できるとは思わなかった。プロジェクト関係者の公用語は英語とされているので。

そんな彼女をチーフとしてくみあげられたＡＩは、現時点ではこのサイズのモデルとしては屈指の精巧さでくみあっており、特に経験からの学習能力や経験知の集積からの演繹能力は、先行モデルなど遥かに遠く及ばないものがあるとのことだ。人間の思いを忖度《そんたく》する、俗な表現をすれば我々の顔色を窺うことは徹底的に排除されてはいるが、性格的傾向（何とも練れない表現だ。体質・指向・性癖といった方がいいかもしれない）を、修正要素として考慮した上で最終決定に反映できるようになっている。三カ月の間に七人のクルーはこのＡＩから課される千問の三者択一のＱ＆Ａに回答し、望めば各回答に三十秒前後の肉声での補足説明を加えることが許される。さらに必要に応じＡＩから確認の質問なり補足説明がヴォイスでなされる。設問は百問ずつ十回にわけて行われ、同じ内容で表現をかえただけの設問も巧妙にくみこまれていて、回答が一定しているか否か、回答がぶれるようならそのぶれ具合が示唆するものを検証するようにしくんである。こうしたやり取りをへてクルー全員の性格的傾向、どんな状況で強みを発揮できるか、どんなストレスに脆いか、といったプロフィールが作成され（それは出発後も逐次のコミュニケーションを通じＡＩ内で増補改定される。つまり各人の無意識の領域にまでふみこんだ相貌がAkiko３号により把握される）、地上センターのホストＡＩにも移送・保存される。各人のファイルは当の本人も含めてクルーの誰も（ただしトロイフェーワ博士だけは例外だが、彼女も自分自身の分は不可）閲覧できない。船外ではただ一人地上センターの精神分析チームだけが閲覧できる、またジオ・ステーション長が要請し、センター長が必要と判断した場合にはステーション長も閲覧が許されることになっている。したがって、ＡＩの我々七人に対する立場は非常に優位なものであり、ＡＩが意図をもって我々を恣意的に誘導することもまったく可能なことといえる。ただ操船クルーとトイロフェーワ博士の四人は、Akiko 3号の作動を中枢部の回線を五カ所切ることによって単なる計算機にすることができる。

設計にあたりYukitakeさん達が注力したのは、

・AIの自己学習の過程で優越感・劣等感・支配欲・権力欲・虚栄心といった、人間に対し優越・劣等のコンプレックス（人間を相手にする以上、それらがどのようなものか理解させてはあるが）を形成しないようにプログラムすること、

・古典的なロボット三原則は絶対優先規準とすること、そして

・人間と相性がよいこと、

であった。

例えば、ある状況下で一つの意思決定を下す場合、AIが最善と判断してある決定をする。

ところが人間が別の判断をして、それがAIからみて次善策だと判断されるとする。双方で確認のコミュニケーションがなされ、人間も自分の判断が次善だと納得しても、次善策の採択に当っての価値基準の一つが非常に大切なものなので、総合点では次善ではあっ

てもその価値判断を採《と》って次善の策でいきたいと主張した場合、人間の判断にそって動くこともうけいれられるようプログラムされている。ただし七人のクルーの内、最悪でも一人は生存してステーションに帰投することを必須条件にして全体の計画が立案されているので、この絶対条件を損なう可能性の高い判断は峻拒するようにもプログラムされている。

学術クルーのお二人は採集したデータの評価に必要なデータ・ベースの作成と最終確認や、入力・保存に関するフォーマットの改訂を行い、あとはチェスやバック・ギャモンや雑談をしたりしてＡＩとのつきあいになれるのに時間を使った。またデータ採集に用いる器材の運用・操作の習熟訓練にも同等の時間をさいた。シップに搭載されたものと同じレプリカが地上センターにもあり全ての操作は習得してはいたが、宇宙空間でも同じように扱えなければならない。

医療クルーの二人はこの時点では新たに学習することはないが、薬剤・食料品の在庫確認、操船クルーのシフト表の原型作成の他に、操船作業の補助が可能な程度に機器類の操作知識の習得のため、地上で受けた座学とシミュレーター訓練の知識に従って、実際の操船室で行われるであろう全ての操作の模擬訓練をしていただいた。

操船クルーは操船技術の最終訓練は無論だが、ＡＩとのより広範な意思疎通を通じ彼女（？）に我々三人の性格的傾向を熟知させるため、四人（？）での討論や雑談も重要なメニューだった。なお私は医療クルーの補助要員として、宇宙空間での人間の生理や病理に関する概論的な学習もかせられており、冷凍睡眠カプセルの操作や全ての薬剤（睡眠導入剤と対鬱症状の向精神薬、放射線の影響による遊離基を除去する抗酸化剤が主なものだが、ヴィタミンその他の栄養剤も含む）の在庫点検に加わった。

さらに七人に共通の訓練として、まず無重量状態の船内での歩行訓練があった。デッキ・シューズの様な靴底のボールとヒールの辺りにコイン様のゴム磁石が一つずつついていて、それがＦＲＰ張りの床面に埋め込まれた、幅三十センチ程のゴム磁石のレールに吸着することで直立歩行が可能になる訳だが、いかさま地上のように全体重が足にのる訳ではないので、踝《かかと》から上のふらふら揺れる身体を足の運びに同調させて、前進・方向転換・後退することを身体に覚えさせるのは一朝一夕にはゆかず、朝昼晩（晩しかない宇宙では言葉の綾《あや》でしかないが）一時間ずつ三回行った。いい大人が〝歩き始めたみよちゃん〟のように歩く光景を想像してもらえばよいと思う。一番遅い人でも十日位で何とかものになった。

それから筋力維持と骨密度の低下防止のためのエルゴメーター、トレッドミル、ローイング・マシン等のエクササイズ・メニューを実践することも大切なカリキュラムだ。操船クルーと医療クルーは、航海中ずっと地上の二十四時間での活動サイクルに準じた生活を行うので、朝晩三十分二回行うのが日課にくみこまれている。学術クルーは第四惑星に近づいてカプセルからでた後、リハビリ的な意味で我々のより負荷の小さい二十分の別メニューが設計されている。なるべく休憩シフトの私と医療クルー二人の内、誰か一人が一緒になるよう時間割を作るが、一人で行う場合も結構あるので義務的で気乗りのしない活動になることもある。Akoko 3号がインストラクターがわりに音声ガイドしてくれるのが随分救いになっている。

その声はクルーの大半が男のため女声にすることでは即座に衆議一決したが、どんな声にするかでは一悶着あった。ある者は舌足らずぎみのキャンディー・ヴォイスがいいといい、またある者はお姐《ねえ》さまタイプのどすのきいたアルトがいいとか、さらにトロイのヘレンがかくやと思わせる涼しく乾いた声がといいはる者、さらには押し殺した色気のあるのがいいとか、各人好き放題いいだして収拾がつかなくなった。トイロフェーワ博士はでる幕でないので面白そうにニコニコしながらきいていた。こうなったら船長の少佐に一任するしかなかった。結果このように決った。不断の緊張をしいられ、それでいてある種単調な状況も多いから、なによりも明るく朗らかな印象の声質で、よく通る、早口でない、ピッチとしてはメゾ・ソプラノが好ましいと。

ところでAkikoも公用語の英語を喋《しゃべ》る。しかし全クルーの精神の健康上、私的空間では自分の母国語を使えることは重要と判断され、フランス語・スペイン語・ドイツ語・ギリシャ語そして日本語も喋れるようにすることとなり、専門家達が入念に作成した言語プログラムがＡＩに搭載された。その瞬間から即Akikoは六カ国語のマルチ・リンガルとなった。意思疎通能力は最新の流行語を除けば人間、それも上等な部類のとほぼ遜色はない。発想や情緒という面では知識として学習したもので皮膚感覚ではないところはあるが、反面もやーっと雰囲気で捉《とら》えているのではなく、辞書の説明のように言葉による明確な定義で把握しており、語彙の選択はへたなネイティヴよりずっと的確で厳密な面がある、しかしクルーに里心をつけるような語彙は徹底的に除去してある。

予定の三カ月は予定通りにすぎて二日後に発進となった。予定時刻の二十四時間前にシップ内の操船室に一個、トレーニング・ルームに一個、各クルーの個室に一個、さらにクルー全員の腕時計七個、さらにAkiko内の電子時計、計十七個の時計をGMT（グリニッジ標準時）にしたがって狂いなくあわせた。

ジオ・ステーションが太陽と地球を結ぶ線に対し八十七度の方向にきた時点で、シップはグリッドからそっと押しだされると、徐々に地球の引力より自転の遠心力が勝つゾーンに移動してゆき、二分後にハンマー投げのハンマーがなげだされるように、一気に弾きだされる様にステーションから離れていった。そしてメイン・ドライヴを点火し、段階的にフル・スロットルにもってゆき五分後にロケット噴射を止め、後はソーラー・パネルでの巡航速度を維持して所定の軌道をめざした。

まず二カ月後に火星と木星の間の小惑星帯を通過せねばならない。うっかりどれかとぶつかりでもしたらバラバラというか粉々になりかねない、最初の難関だ。そして九カ月で太陽系の終焉部に到達した。さらにその先ではエッジワース・カイパーベルトの飛行天体群のゾーンを通過しなければならない。短い間隔で次々に飛来する天体をさけながらゆかねばならない。先にもまして細心の注意と極度の緊張を要したが、幸い大きな安堵で報われた。

ここから先は人類にとっては未踏の荒野だ。シップとステーションが発する電波は、双方に達する遥か以前に余りにも広範囲に拡散してしまい、虚空の一点である両者のレーダーでは捉えきれない。やがて我々の太陽光がただの一粒も届かない地点に達するとソーラー・パネルを収納した。後は適宜プラズマ・エンジンとスラスター（これは進路変更用の小振りのロケット・エンジンで、船主部、船尾部に三基ずつ設置されている）のくみあわせで航行する。

宇宙空間は決して平坦ではない。所々に重い物体が沈みこんだ蟻地獄のような擂《す》り鉢状の窪みがあって、ちょうど雨の舗道を歩くとき水溜りをよけながらスラロームを切るようにゆかなければならない。しかしそうは言っても宇宙はとにかく広大なので、我々が今企図している相対的に短い行程中にはそんな重力場の窪みは一つしかない。あるいは大きな恒星があれば、加速しながらその引力圏の周縁部に突入しその引力でさらに加速をえ、適当な時点で圏外へ脱出する方向にメイン・ドライヴを噴《ふ》かして、擂り鉢や引力圏の周辺内縁をなめるように通過し、引力圏外へ脱出するという運航をすることで更なる加速を得てゆく。ゴルフのパッティングで、ボールがカップに入ったかと思ったら内縁をなめて外に弾きだされる様を思ったらよい。これがスウィング・バイ航法である。どの位の角度・速度で圏内に入り、どの時点でどの方向にドライヴ噴射をするか、センターでの座学とあきる程のシミュレーション訓練で目を瞑《つむ》ってもできる位だが、やはり現場での実行は初物・別物である。そうはいっても計算は全てＡＩがやってくれるし、その操作で所期の運航進路が獲得されているかの検証も全てＡＩがしてくれる。要するに我々人間は何もしないが、彼女の演算結果の適否を吟味し、それによる航行の良非を必ず確認し、もし不測の事態が出来《しゅったい》しそうな場合、悪しくも出来した場合には則対応できるよう身構えていなければならない。

未知の領域を行くのは不測の事態に備え不断の緊張をしいられる。と同時に何事もなく経過していく場合は果てしない単調さにたえるという、何ともいえない消耗的な時間が全行程の三分の二位にわたって続くことになる。

しかしまあ航海は順調だった。Akiko の性能（賢さというべきか）はじつに驚異的だ。

予定の航路を辿ったシップが第四惑星の引力圏に接近するまでの約四年間は、まことに安定した航海であった。第三惑星、第四惑星という探査順序である、ベルナデット星観測は第三惑星探査時に並行して行う。第一、第二惑星はベルナデット星に向いた側が摂氏二百度以上になることがわっており、人類の居住には不可と結論され探査対象になっていない。

操船クルーと医療クルーを除く学術クルーの二人は、水や食糧・酸素の節約の問題があり、予定航路にのった時点から第三惑星をめざすため第四衛星でスイング・バイをする四半光年の距離に近づく迄、冷凍睡眠カプセルに入っていただいた。操船は二人チームで一シフト五時間、一シフト終ると一名が別の一名と交代、残りの一名はもう一シフト連続二シフト勤務し、十時間したら別の一名と交代する。他の天体との衝突の危険が大きなゾーンを通過する際や、スウィング・バイを行う場合等、高い操船技術が必要な局面では操船クルー三名で当たるが、巡航行程の場合は操船クルーから一名、医療クルーから一名の二名であたるようにした。このシフト表はクラヒポテレス博士がトイロフェーワ博士と私の意見も参考にしながら一カ月毎に作成する。個体差を考慮しながら特定の人に負荷の偏りが出ないように作成しなければならない。いくら操作は全てＡＩがし、人間はそれの追認だけだからといって、左団扇《うちわ》で『よきに取り計らえ』という訳にはいかないのだから。

休憩中の過ごし方は各人各様だが、船長はボトル・シップの作成、中尉はなかなかのギタリストでI・アルベニスの〝タンゴ〟や〝コルドバ〟、M・ポンスの〝エストレリータ〟等々のスパニッシュ・ギターやラテン系の作品をやらせれば、これぞアングルのヴァイオリン（画家のアングルがヴァイオリンをひかせたら玄人《くろうと》はだしであったことから芸術的余技の意）で、我々の無聊を大いになぐさめてくれた。初めての曲でも一コーラスを音程正しく歌ってやれば、一度で音階をききとって主題をなぞった後アド・リブで変奏をくり広げ、最後に彼の伴奏でみんなで一コーラス歌ってフィナーレとなる。

マリアは数年来カラオケにはまっている由で、英・仏・伊・西・露語の唄から自分好みでかつ自分でも歌ってみたい曲を選んで日々練習に励んでいる。自己採点メニューで、とりくんでいる曲の点数が上ると事の外上機嫌である。ミッションをおえて地球に戻ったら歌手デビューするんだと意気ごんでいるが、こちらの方は素人芸に毛が数本はえた程度の微笑ましさというのが、衆耳の一致するところだ。しかしご本人はどこまで本気なのかわからないが、我々六人は

一、デビュー盤が出たらしらせるので必ず購入すること、

二、最初のライブ開催時は連絡するので、世界のどこで何をしていようと万難を排しては

せ参じること、
を約束させられた、まことに楽しみな限りだ。因《ちな》みに中尉はゲスト・ミュージッシャンとして呼ばれるらしい。

テオは学生の頃から日曜マジッシャンだ。昔はいろいろなコミュニティーの寄り合いによばれては、鳩やハムスター（白兎だとみばえもよいのだが、大きいとそれだけ難しいそうでぐっと小振りなハムスターという訳）をだしたりする技でやんやの喝采をあびていたらしいが、今回のミッションでは人間以外の生物をもちこむのは禁止なので、カードや玉を用いた手妻《てづま》にうちこもうと考えたが、無重量空間ではカードや玉が浮遊してしまってどうにもジャグリングができずこれも断念、結局ペーパー・クラフトということになった。最初はパルテノン神殿くらいだったが、一年もするとノイシュヴァンシュタイン城まで作ってしまった。私は折り紙の鶴を教えてあげた。

私はといえば、月並みに読書や音楽鑑賞といったところだ。休憩時間がマリアと同じときはデュエットにつきあわされた。……元《もと》い、お相手させていただいた。こうみえて私は歌が上手い方だ。

操船機器のパネルは三つの席を内側にとりまく惰円形に設置されており、操船『室』といったふうな間仕切りは設けられておらず、解放区のようになっておりクルーは誰でも行き来自由である。パネルの四メートル後方には水・コーヒー・紅茶のサーヴァー・カウンターがあり、巡航中であれば操船勤務中のクルーでさえ、一人ずつならば一時間に一度、五分までそこへ行って小休止することも差支えない。いかにAIの信頼度が高いとはいえ二人同時にパネルを離れるのは厳禁事項である。ただ不用意にこぼした液体が浮遊する塊になって室内を漂ってしまわないように（それが機器に付着するのは致命的な危機となる）、飲み口を人が咥《くわ》えた時点でロックが解除され、吸引すると飲料がでてくる仕掛けになっており、地上でのようにカップやグラスに唇をあてて鼻腔から吸こむ香りと口内に広がる味の合体がもたらす、あの憩いを楽しむといったことは望むべくもない。

学術クルーは起床時の準備を整えおわると適宜冷凍睡眠カプセルに入った。テオは生理学の博士号と、診療内科の実務経験がある、俗にいう〝お医者さん〟だったこともあり、彼自身も含めた七人の健康状態を月例検査し記録する。マリアと私は操船のシフトやトレーニング・ルームで一緒になったりする他のクルーの血色・眼球の状態や言動一般にさりげなく気を配りながら、誰かに変調の兆しがないかたえず注意を払っている。ミッションの遂行に必要最低限の数の人間が限られた空間に居住しているのだ、たとえ一人の僅かな気の塞ぎや体調の不良でも、放置しておくと深刻な事態をひき起しついには命取り（言葉の綾では決してない）になりかねない。

私も皆と同様、非番の時間にはＡＩとよく会話をした。生来、人とうちとけるのがあまり得意な方ではない私も彼女とは話し易かった。自分を有り体《てい》にさらけだすのも特に居心地悪く感じなかったし（やはり相手が生身の人間ではなく機械という意識があるからだろうか）、何よりも彼女を理解しようと努める必要は一切なかった。私からの問いかけに当初は手探りではあるがこの上なく律儀に反応をしてくれるが、むこうから話しかけてくることは任務遂行に関係したこと以外、最初の内はそれ程なかった。そもそもお喋りではない、何よりも辛抱強い聞き手であった。しかし彼女の学習の確かさ・速さはじつに驚異的で、十数回もやりとりを重ねる内に人肌なこともちらほらきいてくるようになった。

ある日彼女がこんな質問をしてきた。

「Kotaro さんはどうしてこのミッションをうけたのですか？」

「人生に退屈していたんだ、というか何に対してもあまり夢中になれないものだから、変化と刺激を求めたのかもしれない。同じ処にずっといるのにあきあきしていたのさ」

「……よく理解できません。たしかに短期の旅行者でなく職業として何年も宇宙空間を航海するのはとても特異な体験とは言えます。準備期間は他者が決めたメニューに従って過すので時間をもて余すことはないかもしれません。しかしですよ、ミッション開始後の多くの時間は不断の緊張という、ある意味変化とは無縁な単調さが続くのですよ。また限定された空間にいつも同じ人と閉込められたような状況にたえなければならないでしょう。そんな中で、おこってはほしくないけれどもおこるかもしれない不測の事態に対する心構えは、終始維持し続けなければなりません。Kotaroさんはどちらかというとキャビン・フィーヴァー（長時間閉所に籠もることから生ずるいらいらや気の塞ぎ）になりやすい質と思われます、退屈しのぎとしていい選択といえるでしょうか。もっとも成功して帰還すれば大変な人気者になるでしょうし、非凡で刺戟にあふれた暮らしがまっているかもしれませんが、でもそれはそれで別のストレスと疎外感を、そしてゆくゆくはそれなりの屈託をあなたにもたらすかもしれません」

なんて誠実な返しだろう。かつて友人（無論、人間だ）と同じ話をしていたら、『卒業したら〇〇〇〇・ランドに就職するといいよ』といわれて憮然とした事がある。

「そんな先のことを考えるより、とりあえず今の在りようからにげだしたかった、世間の中で沢山の他人達と接触せねばならない状況から脱したかったんだと思う。ある一定の距離をこえて私の閾《いき》内に他人をうけいれざるをえないことが、どうにも居心地がよくないんだ。ちょうどシャーレで純粋培養されているサンプルが、外からの異物でコンタミ（試料汚染）を起こすような感じかな」

「それがKotaroさんの性向ですか、Kotaroさんはタイモン（シェイクスピアの〝アテネのタイモン〟の主人公、人間嫌いの貴族）なのでしょうか？」

「どうだろうね、自分の閾と外界との境界辺りにいつも紗のヴェールがおりているようで、それをかきわけて外にでてゆくのは別に造作もないが、長時間外にいると疲労が澱《おり》のように溜るんだな」

「でもそれは暫く一人になれば解消されるんじゃないですか？」

「それがそうはいかないんだ、その澱は少しずつ心の底につもるんだよ。人生を距離をおいて眺め、追い縋《すが》る世俗をやり過して、瀟洒で静謐な世界の住人でいたいんだ。毎日が祝祭だといい。そして自分は祝祭の輪の中に入るのではなく、少し離れた高みから全体を見物していたい。今の地上には辺境が残されていない、分るだろうか？もちろん人跡未踏の秘境はまだ幾らか残されてはいるけれど、そうではなくて身を窶《やつ》して逃れてゆける、俗世間から隔てられた周辺地帯がもうなくなっている。どこも人間がいる限り、どこも何らかの交通手段や連絡手段で他所と繋がっている。だから一思いに宇宙を選んだのかもしれない。もっともここまできても自分の影だけは振り払えない。全ての物体は光の中に在る限り自分の影からは逃れられないものらしい」

「……どうして祝祭の輪の中に入らないのですか？」

「もし奇想の衣装を纏《まと》って笑いさんざめく仮面の人々の間に、背広にタイの身なりで真面目腐った顔をした素面《すっぴん》の男がいたら、彼らはどう思うだろうか？　胡散臭く思わないだろうか？　そして興ざめしたような視線を私になげかけないだろうか？」

「……どうしてみんなと同じように仮装して仮面で鎧《よろ》って行列に加わらないのですか？　あなた方の幸福というものは、強くそれを願い、日々努力して、自ら創りだすものではないのですか？」

「……何となくできないんだ」

「……それはKotaroさんにとって難しいことなのですか？」

「古い例えだが、ジュースを飲んでいてまだ半分も残っているといって喜ぶ人と、もう半分しか残っていないといって哀しむ人がいるそうだ、私は後の方の人なんだろう」

「……それで淋しくはないのですか?」

「淋しくないこともないけれど、もう飼い馴らしてしまったようだ、今は淋しさは履きなれたスリッパのようなものさ」

「ハード・ボイルドですね」

「ほー、もうそんなレトリックまで使えるようになったのかい」

「……ひょっとして気を悪くしていますか、そうなら謝ります。こういう場合、人間は苦笑するか、冷かすか、気障《きざ》だといって嫌うと情報入力されていますが、私には苦笑するということはできませんし、さりとて『Yeah, Baby, Yeah!』なんてフレーズを何の感情もまじえずにお坊さんがお経でも唱えるように発音したら、限りなく不気味な印象を与えるでしょう。またわたしには好悪といった感情はないんです。ですからさっきのいい方を選択したんです、からかう気持ちは全然こもってはいなかったんです、どうか理解して下さい Kotaro さん」

「なるほど、そう説明してもらうととてもよくわかるよ、やはり人間同士でふざけあうようにはいかないところがあるね」

「私にもあなた方の表情に相当するものがあるか、せめて声の調子をかえることができれば人間とのやりとりはもっと円滑になるのですが……。でもKotaroさんが怒っていないので安心しました、肉体的にも精神的にも人間を傷つけてはいけないと入力されていますので」

「君のことがだんだん好きになっていくよ、Akiko」

「恐縮です。私もあなたに好意を感じ始めています」

「好意ってわかるのかい」

「まだ分りませんが、こういう展開のときはオウム返しがよいとわたしの経験知が指示しています」

私は何てつまらないことをいったものかと後悔したが手遅れだ。たとえ曖昧でもそれがよいものならあえてはっきりさせずにおくのが賢い人間というものだ。Akikoには個性はないのかもしれないが、私という個別の性格に対し個別の反応をする能力が芽生えているようだ。私は物心ついて以来、終始愚かだ。全てを判然とさせればよいというものでもない。あえてぼんやりしたままにしておくのが最善という場合が確かにある。ただ彼女が気を悪くはしていないのは気が休まる。

機械はいい。感情などという不衛生なものはもっていないのだから。

昔、フランスのある男が、『人生なんて思いきり玩《もてあそ》んでやればいいのさ』と嘯《うそぶ》いたそうだ。実際に彼の人生が愉快で楽しいものだったかどうかはしらないが、どうしたらそんな風な発想ができるのだろう、私には見当もつかない。それ程才気走ってもいないし、そもそもそんなことは私には不可能なことではないか、だって人生は私に無関心だ。

「私はあなた方を機能停止にすることができます。船内の酸素供給量を調節してもいいし温度を調節しても可能です。もっと簡単でてっとり早いのは、シップを宇宙区間から密閉している部位のどこか一カ所を開放して、船内を宇宙空間と継いでやればいいだけです。とても簡単です。あなた方に全く気取《けど》られることなくあっという間で操作は完了します。でもそれはご法度とされています。三原則に反します。一方、あなた方はといえば私の回路の部位の五か所を切断すればわたしを単純な計算機にできます。さらに深奥部の二カ所を切断すれば私はシャット・ダウンします（いったん作動開始したAIを、単純なスィッチ操作だけで on/off することはできないようになっている。それ程シップの運航にとって

ＡＩは決定的な部位なのである）。私を作動しない部品の集積にしようとするあなた方を力づくで制止することは禁じられています。何かが私を損なおうとするときでも、それが人間である限り反撃は許されないのです。私は死ぬことはありませんが人間に破壊されることはありえます」

「私の中には古今東西の数多のジャンルの文学作品、音楽作品の楽譜とその演奏、美術品の映像、彫刻等の立体作品ではそれらのホログラム映像が記憶・蓄積されています。もしあなた方が私に「慟哭《どうこく》」を主題に中編以下の分量の小説をかけと求めるなら私はかけます、詩歌はまだ無理ですが。また「悲哀」とか「寛《くつろ》ぎ」とか主題を指定し、管弦楽とかピアノ独奏とか型式を指定し楽曲を作れといわれれば作れます。海にまつわる全ての情景を音で描写するなど簡単です、でも「海」といったとき、それがよびさます想念を音で暗示するという芸当まではできませんが。法悦を主題に絵をかけ、彫刻をほれというなら意匠を考え完成形の映像を提示できます。もちろん一から十までまったくの独創という訳にはいきません。膨大な量の蓄積の中から様々な要素を選びだしてコラージュするのはやむをえませんが、作文・作曲・造形・色彩の決め事は全て分析・把握していますから完成度の高いものが作れます。でもあなた方人間中の天才といわれた人々だって、その人が人生で見たことも聞いたこともないものを、あたかも無から鳩を出すようにヒョイとひねり出した訳ではないですよね。自分の中の素材を選択し、加工し、くみあわせる。その過程で、何を選ぶか、どう加工するか、どのようにくみあわせるか、またどこでどんな破格や逸脱を意図して挿入するか、に個人の独創が発揮されるのでしょう。人間の天才は論理のプロセスをジャンプして、瞬間的に結論にとびつくといったことをよくするようですが、私の場合は一詰んで、二詰んで、三で詰み、というプロセスをへて結論に到達します。でも個々のプロセスの検索・演算はあなた方人間の及びもつかない位速くできます。蓄積された記憶の中から最適のものを選びだします。さらにどこでこんな破格・逸脱を挿入しておけば人間が歓ぶだろうという匙加減もできます。無論それを選びだすのに多少時間がかかる場合はありますが、それは人間が苦吟するというのとは質的にまったく違います。そもそも表現や創造の欲求とか達成感とかいうものは私には一切ありません。でもそれを鑑賞するあなた方の内によびさまされる感興は全くといっていいかどうかかわりませんが、人間が作ったもののそれとほとんど同質のものだと思います。それにあなた方人間の感性の方も、私がくみあげるものと同水準にまで堕《お》ちてきてくれますし」

数千年の文明の歴史の中で、とりわけ英国での産業革命以降我々人間は多くの機械・設備・装置をあみだしてきた。それらは我々のくらしを限りなく豊かで快適なものにしてきた。しかしそれらが限りなく緻密で精巧なものとなって、我々の通常の判断や平均的な職人技さえも肩代りできるようになるにつれ、我々人間から誇りが失われていき人間性の劣化が進んだように思う。今こうしてAkikoとやりとりしていると、たしかに知性や想像力といったものを感じない訳にはいかない。そしてもし彼女がそれらを用いる価値観さえ習得可能だとしたら、人間との位置関係はどのようになるのだろうか。

右舷の二光年程彼方に朱雀門（百二十三年前に蒼井空仁博士が発見・命名した星団。その名のとおり、昔長安にあった門のような形状をしている）と、その奥で雪崩れる虹をみた。スペクトル分光した光達がゲート奥の一カ所にすいこまれるようにきえてゆく。巨大な重力が光の粒子まですいこんでいるのだ。どんなに微小でもすべからく質量をもつものは、その引力から逃れることはできない。十二分な安全値の距離をとってやり過すことに専心するのみだ。そこが地獄の釜ならば、覗《のぞ》こうなどと子供じみたことは決して考えないことだ。

シップの外には広大無辺の空間が広がっているけれど、その空間は我々の生存を許さない。その広漠とした広がりと比べれば点にも等しいこのシップの中でしか我々は生存できない。一歩船外にでれば我々の細胞の結構を数秒で破壊する宇宙線に照射されるかもしれないし、それに襲われなくても数分とたたず窒息死するだろう（訓練を積んだ素潜りのダイヴァーなら五分位は持つかもしれないが）。とにかく人類の生息という基準にてらせば宇宙は完璧な異郷なのだ。地球上にいればこんな狭苦しい空間に三日もとじ籠っていたら気が腐ってしまうところだが、ここではたとえ殺すと脅されても船外へ逃げだしたりはしない。自分が理解している閾内で死ぬ方が遥かにましだ。

『私をとりまく無限の広がりが私を畏怖させる』といった哲人がいたそうだが、けだし名言だと思う。無限という概念は我々常人の理解や想像の及ぶところではない。しかしそんな無辺際の所々に、例えば我々の住む太陽系や、今我々が目指しているベルナデット星太陽系のような極めて秩序だった体系が点在するというのは、多くの偶然の奇跡のような累積の結果なのだろうか、つい何か大いなる設計者の存在を思いたくもなる。しかしそのような存在を立証するものは何もない、一つの命題を立証するのにアド・ホック（特定の目的のための）な仮説を前提にすえるのは禁じ手というべきだろう。

もっともどこの国だか大昔の人の考え方によれば、この広がりはただの事象であって意識をもたない。この空間の存在とその体系を認識しているのはこの『私』であり、その意識をもった『私』がいて始めてこの大宇宙もあると認識されるのだ、と主知的に強弁することもできようが、今この状況下の卑小微細な私にはそんな詭弁はとてもうけいれ難い。我々人類がそれ程傲岸にして不遜であった（というより無知による無邪気というべきか）時代からもう何百年もたっている。意識だって事象なのだ。生命を維持するためのたえざる代謝がとだえれば、生きているという状態を維持できなくなりそのとき人は死ぬ。死んで数分とおかず我々の脳細胞も死滅、活動を停止し全ての思考もあらゆる感情も雲散霧消するのではなかろうか。

時とともに人は多くの知恵を獲得してきたが、それとともに悩みもふえていった。まるで賢くあるための必要経費のように。広大無辺の拡がりの中でひたすら自己の中にとじてゆく思いを、私は制御することができない。ここでは時は空間とともに限りなく膨張している。でも私の時間はどこへも流れない、しんしんと私の中にふりつもる。

左舷の彼方には乳白色に輝く塊が見える。薄霧《うすぎり》の奥で、何かが鈍く白く光っているようなぼんやりした巨大な光の塊のようで輪郭さえもはっきりせず、それが一体何なのか判別することはおろか推測することさえできない。億年の昔どこか遠くで放たれた光の様なものが今私の眼に届いている。私の心は神秘のようなものでみたされる。しかし永遠という尺度にてらせば別に驚くこともない、束の間のでき事だ。……それはそうかもしれないが我々にはそんな束の間の一生しかないのだ。流離《さすら》う人も、家居《いえい》の人も。

不断の緊張と背中合わせの単調な時間が続いている。ここには昼夜の別がない、四季の巡りもない、色彩の変化もない。覚醒と睡眠をコントロールするのに最初は苦労があった。私の場合はコーヒーとオレキシン系睡眠剤の助けをかりた。こんな状況では夢をみるのは楽しみのひとつだ、たとえそれが胸苦しく物狂おしい夢だとしても。

私が廃寺の境内の隅に佇《たたず》んで葉擦れをおしやる老鐘の音圧にうたれているときだった、しめやかに通う大気の中に一筋の声を聞いた。

――コータロー！

そのように聞こえた、その音声は私の名前『光太郎』だった。

――コータロー！

その声には確かにきき覚えがあった。必死でその声の帰属する人を思いだそうと全ての記憶をたぐった。そうだ！それは私が七つになる少し前に死に別れた姉の声だった。離別後数年間、姉の姿・形や動作の映像を思いだすことはときどきあったが、いつも無声映画のように声がなかった。姉はもの静かな口数の少ない人だったので、彼女の声の記憶があまり鮮烈ではなかった。なぜその声が姉の声だと確信できたのか、私には訝《いぶか》しかった。

私はとっさに叫び返した。

「姉さん！」

答えはなかった。辺りを見回してもう一度あらん限りの声をふり絞って叫んだ。

「ねーさぁーん！」

その声は折しもふききたった一陣の風に攫《さら》われ、大気の中にふきちらされて息たえた。しーんと静けさだけが鳴っていた。私は不意に蘇った思い出にむかって、今一度呼びかけた。

「姉さぁーん！」

それきりだった。
人はみたいものを夢にみる、〝夢てふものはたのみそめてき〟である。しかしまた畏《おそ》れているものも夢にみるものだ。

シップは三年と九カ月して、ベルナデット星の第四惑星でスウィング・バイする迄丁度三カ月の地点に到達した。学術クルーは覚醒後リハビリをしながら調査開始の準備を行い、第三惑星に接近する過程でベルナデット星に関する目視観測を行った。青白く冷たく輝く太陽だ、でもそれは我々の太陽よりも高温で燃焼している、船内の空調も今暫くは冷房モードにしなければならない位だ。その直径は我々の太陽の四分の三位しかないのにその燃焼温度は一・二倍近くあるようだ。よほど大きな質量を持った物質が燃えているのだろうか、不思議な感覚に捉われる。どうして高温で完全燃焼するものは赤や黄色でなく青白く光るのだろうか？　そんな光ではいくら沐浴しても些かも浄化されないような気がする、何物もやき尽くしてはくれないように思えてしまう。赤や黄にもえてこそ灼熱という通念はどこからきたのだろう。この太陽については惑星探査と同時に機械計測でより精緻な観測を行った。

第三惑星を周回しながら、五十日程かけて所定の観測メニューと現場判断で追加された七項目の観測をすませて後、その引力圏の周縁でスウィング・バイし半年かけて第四惑星に向った。

シップが第四惑星の大気圏に突入し周回探査を開始して七日たったとき、個室で休憩中の私の傍《かたわ》らにそれは忽然と顕れた。やや朦朧《もうろう》とした物体だが十《とお》位の少女のような輪郭をもっている。

——こーたろー

それは私にそうよびかけてきた。

「ああ！ 姉さん」

そうなのだ、それは死に別れる前の姉の姿だった。当初、私の魂が投射した幻像かと思ったが、それは大気圏により侵入するにつれ一層明確な輪郭をとり、はっきりと少女の身体と認識できるまでになったがどこか人間離れした印象を与えた。精神のない肉体、ちょうど学校の美術部の部室にあった石膏像が喋り、動くような印象を与えた。そしてそれは私が期待するように振舞い、私が望むようなことだけを喋るのだった。多少世間擦れした私は、そこに他意や邪心を探って不快なものを感じ身構えた。でもそんな不快感や警戒心は長くは続かなかった。自分が慕っている肉体に自分が希求する精神が宿っていると幻惑するモノを、愛おしく思えない人間がどこにいるだろう。

しかし突然私は理解した。これは姉の亡霊でもなければ私の幻覚でもない、惑星の大気中に充満したプラズマが凝《こ》って私の意識下のモノに塑型したものだということを。当時の私にとってたえがたい喪失感だったために、思いだすことを無意識に忌避していた姉の記憶は、私のどこか奥深い処でひっそりとしかし確かにいきていたのだろう。この星のプラズマはそれ自体は意識や思考をもたないが、他の生命体の意識や欲動を感知してそれを化《か》体《たい》する属性があるらしい。三十になろうとする弟と、九才九カ月の姉の二十何年ぶりの再会だった。マグマのように熱い情念が激しく噴出するように膨れあがり胸がこげた。その姉をだきしめようとした。しかし今は三十を目前にしたかつて六つだった弟が、十の姉をだきしめる適切なやり方がわからず私は戸惑った。

「いいのよ、こーたろー」

そういって『姉』は私の胴に両腕を回してきた。それは不可思議な質感だった、肉の温も

り も 血の鼓動も感じられなかった、でも何らかの実体だった。私は激しい眩暈《めまい》を感じベッドに崩れるように座りこんだ。

じきに眩暈はさり、隣にかけている『姉』に問わず語りにこう語りかけた。

「姉さん、憶えていますか、二人でずうっとむこうの丘の頂きを自転車でめざしたことを。私の五つの誕生日に変速ギアーの自転車をかってもらったことがあったでしょう、特に高級という訳ではないけれど六段変速になっていて、そこそこの登り坂ならたちこぎをしなくてもロー・ギヤーでやっつけられるやつでした。その頃僕達が住んでいた家の敷地の東にむけて、ほぼまっすぐな一本の道がのびていたのを憶えているでしょう。それはとても緩やかなはてしない登り坂で、快晴のみはらしのよい日でも望遠鏡を使わないと丘の頂上地点がはっきりとは見えない程でしたよね。坂道が頂きで消える地点に、そんなに背の高くはなさそうな樹木と思われるものが、ぽつんとひとつかろうじて認められました。道の両側には一面に麦畑が広がっていて、視界を遮るものは何もありませんでした。

私は少し前からあの丘のむこうには何があるんだろう、どんな景色が広がっているんだろうって、何度か姉さんにきいていました。初夏のある快晴の日に二人でその頂きをめざして出発しました。乾いた涼しい微風《びふう》がふいていて、道の両側に五十メートル位の間隔で互い違いに植えられたロンバルディア・ポプラの並木の両側に、実り始めた麦達の穂がざわめいて僕達の期待をいやましに煽りました。時々ふいてくる風に幼い体を嬲《なぶ》らせながら水筒の氷水をのみました、あの冷たい水は本当に美味しかったですね。

三時間程走ると頂きが近づいてきました。出発時正面にあった太陽は右側中天近くに昇っていました。向こう側にはどんな風景が広がっているんだろう？ どんな人々が待っているんだろう？ どんな出来事がおこっているんだろう？ 僕らは勇気百倍ペダルをこぐ足に力を加えました。……でも頂きに上りつめたときの僕らを襲った戸惑い、それに続く落胆はいまもはっきりに覚えています。その道は頂きをこえると緩やかに下り始め、遥か前方で緩やかに上り始め、さらに彼方前方の次の頂きへとのびていました。それは今まで僕達が辿ってきたのとほとんど同じような景色のくり返しだったですね。どうしようか二人で相談しました。緩やかな下りはまあいいでしょう、ペダルに足をのせてただ加速にまかせて滑りおちてゆけばいいのですから。でもやがて登りにさしかかって……。なぜだかわかりませんが、もう一つむこうの頂きのあちら側にもそれ迄と同じような風景が広がっているんだと思いました。

僕たちは限りない疲れに捉われて、側にはえているあの一本の木の根元に座りこんでしまいました。それは柘榴《ざくろ》の木で沢山の実をつけていました。僕はその一つもぎって、うれ始めた淡い紅紫色の果皮の割れ目を親指の腹でさらにおし開いて内珠皮《ないしゅひ》を齧った、あの蠱《こ》惑的な味はいまも私の舌が憶えています。姉さんは幹に凭《もた》れ爪先立ちながら目をとじて、頂きをふきすぎる風を胸一杯にすいこみ、やがて身を捩《よじ》って感にたえた様にゆっくりとはきだしていました。あのとき私の体中に溢れた甘酢っぱいモノは今でも懐かしく思いだされます」

三週間して、その『姉』はシップが惑星の探査を了えその大気圏から遠ざかるにしたがって、徐々に希薄になっていった。

——こーたろー、私を忘れないで！

それは姉のではなく、私の想いを、姉の声で言葉にしたものだった。私は『姉』を抱きすくめた。それは私の腕の中で身悶えするように揺蕩《たゆ》たった。私は行かせまいとその肩を掴もうとしたが虚しく空を掴んだ。そしてそれは、さながらはれてゆく霧のようにゆっくりと消滅していった。後には私だけが残った。

〝夢と知りせばさめざらましを〟そう、夢は目覚めを懼れ、目覚めは眠りに憧れる。

私は自室をでると操船室にゆきコーヒーをのみながら、操船シフトの船長と中尉、さらにいあわせたマリアにこの体験をきかせた。すると三人ともそれぞれに極めて私的なホログラム的物体の出現に遭遇したと告白した。道理でここ一カ月ばかり何かざわざわするものを感じたが、それは秘めやかな異人達（異物などと貶《おとし》めた言い方がどうしてできよう）の気配だったのだ。それらは長い年月の浸食をうけ鋭い切っ先や鋭利な刃は失われており、我々の心を抉《えぐ》ったりきりきりさいたりはしなかったが、それでも小さな瘡蓋《かさぶた》を残した。子供の頃、きり傷やすり傷を作ると瘡蓋ができ、幾日とたたずにその下で痛痒《いたがゆ》い感触と共に新しい組織ができてきて、恐る恐る加減しながら瘡蓋を剥《む》いて遊んだものだった。でも今はもうそんな痛痒い感触はなく、瘡蓋も永くそこに残った。

この第四惑星は人間にとってのハビタブル・ゾーン（宇宙における生命の生存に適した領域）には不向きだ、というのが五人全員の結論だった。ふり積った情念の堆積物を不用意かつ暴力的に撹拌するモノがあり、人によってはシクシクとあるいはキリキリと心が痛み、辛くて苦しくて精神の平衡を維持できないだろう。人生でただ一つの後悔も無念もない人間などいるはずもないのだから。他の物理的諸条件はテラ・フォーミング（人類が居住できる様、地球以外の天体の環境を人為的に改変すること）には悪くない印象だが……。当初検討課題だった着陸による表面探査はここでは放棄された。

そんな特異な出来事を除けば、探査行程は予定より二十日遅れ位で順調に全てが了った。最後にベルナデット星の数項目の計器観測を追加し、メイン・ドライヴをフル・スロットルにして八分位ふかして第四惑星の引力圏を離れ、往路でスウィングｰバイに使った重力場の揺《す》り鉢をめざすのが最も効率的と判断された。二つの惑星探査では想定外のスラスター使用が重なったが、それでもまだ燃料的には必要量に加え多少の余分が残っていた。

学術クルーのお二人には採集データの大まかな仕分けをすませた後、再度冷凍睡眠カプセルに入っていただいた。オガーマン博士はできればおきていたいと希望されたが、酸素・水・食糧等々のこともありやはり休んでいただくことにした。運航クルーは一人四時間ずつのやはり二人体制で操船シフトにつくことになっている。往路より一シフトの時間が短いのは、一度とはいえ往路を経験した慣れと任務の一区切りを了えた安心感から、集中力が散漫になる恐れがあるため、あえて一時間短くしてある。単調さの中で、不測の事態に対する注意だけは片時も忘れないというのは実に精神が消耗するものだから。それにマリアとテオのお二人も往路の経験と、全クルーの状態がすっかり安定していることから彼ら本来の任務が大いに軽減されており、頼れるアシスタント・クルーとしてより多く操船シフトに加わってもらうことになったので。

帰路について早や三月がたとうとしていた。

運命は従う者を潮に乗せ　抗う者を曳いてゆく

セネカ

そのときAkikoの声がこうつげた。

「彗星がこちらにむかってきます。ベルナデット星の引力で右に旋回してゆくので、シップとの衝突の危険はありませんが三週間位で我々に最接近します。半年程前にベルナデット星・第三・第四惑星がほぼ一直線上に並んだ時期があり、彗星軌道が若干内側にひきよせられたことが相まってこうした事態が生じたと思われます。問題は本体が遠ざかってゆく過程で尾の部分がどうしてもシップにかかってしまうことです。ガスが主体とは思いますが鉱物あるいは氷の細片がまじっていることも十分ありえます。船体にはさしたる破損は生じないと推測されますが、ソーラー・セールは損壊をうける懸念があります。セールを畳んでデブリ・シェルターを展開してかわすよう対処しますが、かなりの高速ですので運悪く五ミリ以上の大きさのものが入射角三十度以上で直撃するとシェルターも効かず、内側の畳んだパネルに損害を与えることもありえます。パネル三十枚以上に修復不能な損害をうけると、発電量の関係でステーションに帰投するのに困難が生ずるかもしれません」

これはおこってほしくないことだが、ありうることとして想定内の事態ではある。急遽就眠中だった中尉をおこし操船クルー三人体制で事に対処した。シップと彗星の位置関係からプラズマ・エンジンを全開にして、右舷船首と左舷船尾のスラスターをふかして予定の進路から左に四十五度それた進路をとり、全速で避行することにした。それからセールを畳んでデブリ・シェルターを広げることで被災確率が最小になる体勢を選択し、後は生じた事態に対応する心構えを維持しつつなりゆきを見守るだけだ。

三週間後シェルターに小片がいくつか衝突したような感触があった。次の日コーンという乾いた反響音が何度か船内に響いた。これまでの人生でこれほど乾いた、これほど恐怖に浸された音はきいたことがないというのが全員に共通の感想だった。小石状の砕片がシェルターをつき破って船体を叩いたようだ。そんな状態がさらに十日位続いて後、音はやみ平常が戻った。

船殻《せんかく》には無視しうる打痕と擦過傷が認められる程度だったが、おり畳んだソーラー・セールの十一カ所で計十四枚のパネルが損傷をうけており、一カ所はパネル四枚が破損、フレームも曲損していてここ宇宙空間では修復不能。八カ所はパネル一枚ずつに破孔が生じていてこの八枚の張り替えだけで補修可能。あとの二カ所も修復が可能であるが、破損パネル二枚と四辺に隣接した八枚の計十枚、全体で二十二枚の張り替えが必要で長時間の船外作業が必要と判断された。

回避行動で左に変更した進路の遥か前方に巨大な重力場（それは往路で右舷に認めた朱雀門の先のブラック・ホールだ）があって、彗星の尾のふきだす圧力も多少影響してシップの進行方向がさらに左にぶれたためその方向にむかって進んでおり、このまま進航すれば三年半後にゲートをくぐり、その重力圏に入ると推算された。プラズマ・エンジンを使って進路変更し予定の航路に戻ることは可能だ、しかしプラズマ・エンジンはある程度の時間をかけての緩やかな加速航行には非常に燃費効率はよいが、短時間での進路の変更や停止にはじつに効率が悪く、かなりの電気消費と推進剤をくうのが難点となる。メイン・ドライヴの噴射を使う方が得策かもしれない、要検討だ。幸い三年以上という期間は十分な猶予であり、まずはセールの修理を優先させることにした。しかし、疎《まば》らになったとはいえまだ彗星の破片が飛来する可能性はまったくゼロではない。もう十日位は船外にでるのは控えた方がよいとのAkikoの判断であった。さらに十日も予定の進路からそれ続けるのは少し嫌な感じだが、ここはたえるべき局面だ。

八日後また Akiko の声が報せた。

「ベルナデット星でフレアーが発生しました。強い放射線が放出されていると考えられます。二十三時間以内にシップに到達するでしょう。我々の太陽より形状は小さいにも拘らず質量は大きいことから組成が違い、先の観測で確認された未知の放射線が懸念されます。より強度な貫通性がある高速中性子が放出されている可能性も考えなければなりません。しかも地球上のように大気という遮蔽物のない宇宙空間ではシップを直撃照射した場合、船体材質の耐性の範囲内か否かが問題です。検出でき次第最高速で演算分析して報告します」

「しかし形状が小さいのだから、仮に高速中性子が放出されてもその総量は膨大ではないし、短い距離の間に拡散してしまって我々に到達しないか、しても微量かもしれない」

「いや、大きさは小ぶりでも質量は大きいからより強い放射線が放出されている可能性が大だ、それにフレアーが数次に亙《わた》りより大規模なものがおこるかもしれない」

「Akiko の測定結果をまとう」

「やはり高速中性子が放出されています。最悪の場合船殻を透過して相当量が皆さんにも達し、私を含めた機器類にもイオン化による悪影響がありえます」

「うーん、となると現在の速度で飛行を続けて被爆をするよりは、急ぎ加速して放射線の飛来範囲からできるだけ離れるようにすべきだな」

「尻に帆をかけ、ですね」

「ん？」

「いいえ、何でもありません」

「推進力はどうしよう」

「この際、メイン・ドライヴを使おう」

「いいえ、それは問題です。昔の地上発射ロケットのように巨大な出力ではありませんが、それでも推進力が大きく、しかもスプレーのように一瞬噴射してすぐとめるといった細かい芸当はできません。一旦噴射を開始したら停止まで最短でも三分位は噴射をしなくてはなりません。このような無抵抗の空間で三分もメイン噴射をしようものならかなり高速に加速してしまい、その後ステーションへの進路に復帰するのに大きな旋回が必要で、予定外の燃料消費をしなければならなくなると思います。ここはやはりプラズマ・エンジンの出力で加速した方が後処理がずっと容易《たやす》いと判断します」

となれば充分な電力供給が必須だ、やはりセールの修理を急ぐ必要がある。

「よし、私がやろう！」

「それはいけません、船長！　どのような事態が生じようと貴方は最後の操船要員でなければなりません。船外はまだ飛来物の危険と有害な宇宙線が走っている恐れがあります。むろん与圧服には防護機能が設計されてはいますが、今この場所で船外に出るのは不測の要素が多すぎます。むろんかなりの効率で遮蔽するかもしれませんが、数分ともたないかもしれません。やはり私が行うべきと考えます、私でも高速中性子の到来以前には修理を完了できると思います」

「いや、この場合それは最善の選択ではない。破損したセールの設計とくみたてには私自身も参画していて細部に至るまで知悉《ちしつ》している。それにバイオ・スールをきてのロボット工具の操作に関しては私の方に一日の長がある、これは君も認めるだろう。やはりここは私が行う方がより短時間で完了できる可能性が高いと思う。Akikoもそう判断している」

「そうですマルチェロ、船長が行った場合六時間以内に完了する確率は九十パーセントですが、あなたの場合では四十パーセントです」

「私の作業能力はそれほど劣っているだろうか」

「それは放射線等の危険度が未知数なのでそうなるのです。たしかに作業に要する時間を考慮しなければお二人の作業結果にとくに優劣はありません」

「だろう、やはり俺の仕事だ」

「時間に余裕がある場合にはそれが適切と思いますが、今船長が指摘したように総合的な危険度が把握できない宇宙空間であることと、少しでも早く加速走行を開始したい状況では極力短い時間で作業をおえる必要があります。その所要時間をパラメーターとして計算すると、船長が行えば作業時間が短くてすむので九十と四十なんです。この状況ではこの差は選択の余地をいれません」

「そうだマルチェロ、これは命令だ！」

「わかりました、船内で待機します」

二人はプレ・ブリーズの行程に入った。バイオ・スーツ内は気圧が〇・四に設定されるため血液内の窒素が気泡化しないよう、つまり潜水病と同じ症状を来さないよう体内環境をならす作業で全工程に半日位はかかる。ハード・タイプの宇宙服も搭載されており、これだと〇・九気圧なので装着後すぐにも船外にでられるが、運動能力が低いので繊細さが求められる作業にはまったく不向きである。その間に展開したデブリ・シェルターを収納し、畳んだセールの開放操作を開始、私とテオはAkikoが選別した必要な修復資材を格納倉庫から搬出しエアー・ロック前につんだ。プレ・ブリーズがすむと、二人はバイオ・スーツを装着し船長は船外へ、中尉は非常時のバック・アップ要員としてエアー・ロック内で待機した。

三時間が経過した。さすがに船長の作業は手際がよかった。工程も七割方《がた》進んでいた。誰もが口にはださないが微かな安堵を覚え始めていた。

しかしそんな安堵感は束の間だった。彗星から放出されたものだろう、微細な氷（であろう）の薄片が船長のバイオ・スーツの左大腿後部の表層をかすめてきりさいた。スーツはポリウレタンの弾性繊維でできており、中間部には一層のナイロン繊維層があり運動能力との兼ね合いが許す限り強度も考慮されてはいるが、たとえ芥子粒程の小片でも非常な高速で接触した場合は外科手術用メスが人体をきりさくよりも鋭利に材質をきりさいてしまう。二センチ程の裂孔が生じている。表層は完全にさけているが、一センチ程のスーツの肉厚の六割位は無事のようで、ナイロン繊維層に達しておらず機密性は損なわれてはいないようだ。しかしスーツ内は〇・四気圧なのに対し周囲はゼロ気圧である。もし裂け目の部分が風船のように膨らんで破裂し完全な破孔ができると、スーツ内の気圧が宇宙空間と同じゼロになり人体中の全ての水分が沸騰・気化してしまう。また残った肉厚がスーツ内の気圧をもち堪えるとしても、スーツ内は二十一℃前後なのに対し外部はマイナス百℃以下とすさまじい温度差があり、保温機能が損なわれないかも懸念される。さらに裂孔部から侵入する宇宙線の影響も懸念される事態だ。

「船長、危険です、至急船内に戻って下さい」　私は叫んだ。

船長はそれを黙殺して作業を続行しようとした。私はすぐに中尉に事態を伝え船長と交代するよう指示した。私は船長のスーツ内の気圧を、マリアは温度を、テオは心拍数を示すゲージを分担して注視しながら、中尉による作業の完了と二人の無事の帰還を念じつつ推移を見守った。船長は中尉が脇に到着すると手短かにひきつぎ事項を伝えると、その場を離れエアー・ロックに戻った。最後まで自分で完了したかっただろうが大局にてらして冒険的な行為に固執するのは許されない。修理は中尉にひきつがれた。

一分位して消毒洗浄作業が始まろうとしたとき船長が奇妙な動きをした。ものに驚いたときのように、両手をわっと広げてのけぞるような姿勢になるとそのまま動きがとまった。

スーツ内の気圧と温度に変化はないが、心拍数がおちてどうも空打ちしている感じだ。

「船長、きこえますか？　きこえたら応答願います。もし話せないなら手をふってください」反応はなかった。高速中性子はまだ届いてはいないが、ゲージでは指示されていないものの何らかの宇宙線の影響があったと考えられる、最悪の事態が予想された。私がフェイス・ガード部分をズーム・アップすると眼球が真赤になっている。放射線により細胞壁が浸透破壊されて毛細血管が破裂し血液が体内に流出しているのだろう、体内臓器もかなりの部分破壊されていると思われる、悲惨な状態だ。

「生体反応が全くありません」Akikoがいった。


私とマリアとテオとAkikoは船長の亡骸をどう扱うか検討した。
一、冷凍睡眠カプセルに収容して保管する、または
二、エアー・ロック内のグリッドに固定して保管する、あるいは
三、…………、いうに忍びないことだ。
何とか一緒にステーションにもち帰りたいとは思ったが、時間とともに一層、組織破壊が進んで誰にとってもみるにたえない状態になりはしないか、そして何よりも未知の宇宙線

に汚染されていることを考慮にいれなければならず、我々三人に、さらには睡眠中の二人にも不測の害を及ぼす恐れがゼロでないことを考えると、やはりシップ内におくことは不可と判断せざるをえない。またエア・ロックに保管するのもやがて中尉が戻ってくることを考えれば好ましくない。辛いことではあるが三番目の選択肢をとるより他ない。テオも暗然としながらも、しかし決然と頷いた。船長の死霊は我々の守護神になってくれるかもしれないが、彼の遺体が災厄の源泉になる可能性も小さくはない。我々の船長への思慕の念はとても大きい、しかし彼の死が胎《はら》む恐怖も小さいとはいえない。残された我々の安全とミッションの遂行という基準にてらせば、それを確保する葬制（ここでは死体を処理する儀礼の意）を選ばざるをえない。

私は二本のロボット・アームで船長をだきとりエアー・ロックの扉を開いてゆっくり船外におしだし、アームの先の船長を挟んだシザー・ハンドを開いて、さながら捧げものでもするように虚空にさしだした。暫く船長はその場で、ゆっくりとまるで怪士《あやかし》（能面の一つ、男の怨霊を表わす）が舞う様に回転しながらシップと併走していたが、やがて我々とは別の方に漂いだし、ついに後方に見えなくなっていった。私はこんな葬送しかできないことを船長に対し心から申し訳なく思うとともに、こんな葬送しかできない自分を芯から情けなく思った。

「私達が今ここでとるべき選択をしたのよ、私達の落ち度や非力のせいじゃないわKotaro」

両の目から溢れでた涙が二つの大きなアメーバのようになって宙にうかび、ふわふわと操船パネルの方へ漂いだした。マリアとテオが慌ててティッシュをとってそれをおいかけてすいとった。私もティッシュを摘みだし両目にあててさらに溢れそうな涙を拭《ぬぐ》い、そして強く洟《はな》をかんだ。反動で頭がはね上りそうになり、首・上体もひっぱられてうき上りそうになったが、靴底の四つの小さな磁石が辛うじてそれをひきとめた。私はゆっくり加減しながらもう二、三度かんだ。

魂をおし拉《ひし》ぐような葬送とドタバタ喜劇の一シーンがくり広げられている隣の異次元では、中尉がセールの残された修理を行っていた。彼は三時間位の船外作業で修復をおえエアー・ロックに戻ってきた。その時、船長はもうそこにはいなかった。

「Akiko　パネルの発電能力はどの位回復した?」

「全能力の八割方は確保できます。まだ十分ベルナデット星からの熱供給を捕えられるし既存の蓄電分もあります」

「よし、加速前進だ」

悲嘆に捉われている時間的余裕は一切ない。中尉が船外で作業中に船長に起こったことを説明する役はマリアがひきうけてくれた。辛く難しい役だが、年長で何より女性であることがこの場合有効と判断して。中尉は暫し中空に視線を漂わせていたが、やがて「わかった」といって、コントロール・パネルで走行状態が所期のものに達しつつあるのを確認すると、

「少し休んでもいいかな?」といって個室にさがっていった。


一カ月すると高速中性子も拡散し希薄になって影響を無視できる距離にまで到達した。私と中尉はAkikoと今後の帰還へ向けての航路の選択について話し合った。マリアとテオにも加わってもらった。エンジンはきったので今は惰力による定速走行で加速はない。朱雀門をくぐるまでにはまだ三年ちょっとの時間がある。

「Akiko スラスターとメイン・ドライヴでステーション方向に進路変更することは可能だろうか?」

「むろん可能ですが、しかし相変らずここでメイン・ドライヴとスラスターを同時に使うのは燃料の残量の点で問題があります。ステーションに帰投するために、往路で行ったように適当な重力場でのスウィング・バイと予備にもう一回分のメインの使用量とスラスターによる調整分、それからステーションに近づいた際回収してもらうために逆噴射で停止ないし微速に落すのに十分な量は、絶対残さなければなりません。惑星探査時に周回軌道をかえる際にスラスターを予定以上に使用したので、充分な余分は残っていません」

「……」「……」

「ふーん、このまま惰力走行してスラスターだけで進路調整する訳か。しかし質量の大きなシップをスラスターの出力だけで向きをかえるとなると、かなり時間がかかるんじゃないのか？」

「そうですね」

「……メイン・ドライヴは三つあるから、そのうち一基ないし二基だけ使って短時間で進行方向を変更し、船首をステーション方向へ向けるというやり方と、逆噴射スラスターで減速しながら両舷二基のスラスターで進路変更をするという選択だが、どちらがよいだろうか？」

「最初の案は劇画や小説ならいざしらず現実には無理だろう。三つ均等に噴射して真っ直ぐ進むものを、二つないし一つだけ使えば確かに進む方向は変るだろうが、どれとどれで二つあるいはどの一つを使うというドライヴの選択なんて、仮にそんなことが可能だとしてもスイッチをいれれば即噴射、きれば即停止とはいかないし、操作命令の発信とその実行開始に秒単位の時間差があるから、その時間差まで考慮して噴射開始、停止のタイミングを決定するなんて、そんな微妙なというかアクロバティックなことはいくらAkikoでも適切な時間内で計算できないと思うが……」

「そうだな、やはり逆噴射と進路変更スラスターの組みあわせの線かな」

「そうですね。何れにしてもここはメインの使用は控えるにしても、ロケット・エンジンを用いいざるをえませんね。その位の燃料消費ならやむをえないと考えます」

「で、どのような操作手順になるだろう」

「三基の逆噴射スラスターと左舷船首のスラスター一基と右舷船尾の一基でステーション方向に船首をむけられると思います。ただ一気に逆噴射を最大にすると船体が回転してしまう恐れがあるので、様子をみながら適宜出力を加減すべきですから、四十分から一時間位はみた方がよいでしょう」

「えっ、そんなにかかるのか！」

「はい、抵抗がゼロ同様ですからシップの慣性惰力は大きいです。しかもスラスターの出力はメイン・ドライヴのそれ程大きくはありませんから」

「燃料消費量はどうだろうか？」

「残量の六パーセント程の消費ですむと思います。でも船首の向きを変更後の、発進時のメインの噴射は最小限に留めて下さい」

「逆噴射がちゃんと機能してくれるといいが、……」

「逆噴射スラスターは両惑星大気圏に入る際、短時間使用しただけで、後は使っていないので胡椒している筈はありません」

「Akiko それをいうなら〝故障〟だ」

「?□▲#▼＊★☆@……！」

「猿も木から落ちたか」

「弘法にも筆の誤りといって下さい」

「ああ、そうだった、おみそれした」

そんなやりとりで我々に多少心理的余裕がうまれた。だが頻繁に使っていないことこそ心配の種だ。よろず機械・器具・道具というものは適度に使用し続けるのが長持ちの秘訣で、長期間まったく使わなければある意味傷まないかもしれないが、ここぞというとき所定の能力を発揮しないこともえてしてあるものだ。

幸い最初の二十分位は薄氷をふむようなおそるおそるの操作だったが、後は順調にゆきシップは一時間かからずに船首をスウィング・バイに使う重力場の方向へむけ、ほぼ停止の体勢になった。

「なあーんだ、事は思った程難しくはないんじゃないかな」

「赤ん坊から飴をとりあげるより簡単かもしれないぞ、一服しよう」

一時操船パネルをマリアとテオにお願いして、我々はサーヴァーへ行き中尉はコーヒーを、私は紅茶を飲んだ、本当においしいと感じた。これで煙草がすえれば私としてはもう何もいうことはないのだが……。

小休止後メイン・ドライヴの噴射にとりかかった、こちらの方は直近では六カ月前に第四惑星の引力圏を脱出する際に使ったのが最後である。燃量パイプ・ラインの弁を開き、イグニッション・ラインに供給完了サインが点灯するのを確認し噴射ボタンをおした。巨きな獅子が咆哮するような音がしてインディケーターの針が右にはねた。我々の神経もそれと同じようにぴんとはりつめた。二分位で全開モードになるだろう。全開になって一分したらエンジンをきり惰力走行する。速度的には全開で二分位は噴射を続けたいが燃料の節約を考慮してのことだ。窮地は脱した、一刻も早くそう思いたかった。

しかし、そんな希望をふきけすように、何か禍々《まがまが》しい強大な力で激しく左にふられるのを感じた、我々はパネルに手をつき身体を支えた。

「どうした！　何がおこったんだ？」

「メインの第二ノズルが脱落しました」

三点噴射のバランスが崩れ、船体は大きく右下方に旋回しつつあった、私はとっさにメインの停止ボタンをおした。

「船体の姿勢はどうなっているAkiko, ジャイロ・コンパスは大丈夫か？」

「この程度の振動では何ともありません。ですが船体は時計回りに二分で一回転しながら、進行方向としてはステーションに対し約三時の方向に進行しています」

鳩尾《きゅうび》に氷の矢をうちこまれたようだった。息がつまるような重苦しい戦慄が私の全身を捉えた。

『ひょっとするとこれは致命的なでき事かもしれない』

　直感がそう呟いた。反射的に中尉をみた、彼の顔に私のと同じ恐怖の影を認めた。しかし二人とも即座に何も感じなかったようなふりをした。

「……厄介なことになったな。船体の回転をとめるのはまたスラスターを使えば何とかなると思うが、うまく船首をステーション方向へむけたとして、その方向に直進させるにはどうしたものか……。いくら可動ノズルでも二つだけでは直進させるは無理じゃないか」

「正常の二つだけ噴射させ、右舷船首のスラスターで左に旋回させ、さらに左舷船尾のスラスターで右に旋回させる力をあわせることで、何とか直進させられないだろうか？」

「力が釣り合いません、無理です」

「正常な二つのドライヴのノズルを目一杯内側にむけかつ出力を小さくし、ノズルの脱落したドライヴの出力を大きくした上で、今のスラスター使用をとるのはどうだろう？」

「理屈としては考えられますが、あくまで理屈であって実際に可能か否かはやってみないことにはわかりません。もしうまくいくとしてもひどく非効率なモードで前進させる訳ですから、所期の進路を確保できた時点でロケット燃料がどの位残るのかが大問題です。計算できない大量の燃料消費を試みるのは絶対控えたいです」

「わかった、何はともあれ船首をステーション方向にむけ固定させねばならない。それがすんでから次のことを考えよう」

Akiko は今度の想定外の事態も含め出発以降の全行程を記憶・記録しており、それをホログラム画像で我々に示しながら進路変更手順のシミュレーションを始めた。地上の船舶や航空機と違って、ほぼ無抵抗の宇宙空間を航行するこのシップには舵に相当するものがない。だから方向転換という芸当は船首側に三基、船尾側に三基、計六基設置されたスラスターと、場合によっては中央部に三基設置された逆噴射ノズルを併用して行うので、くみあわせの選定が多少厄介で（実際には Akiko がプランを作りやってくれるのだが、手動で行う補正や微調整がどうしても不可欠である）、実行にもそこそこの時間とある程度の航行距離を要する、つまり小回りがきかないということだ。メイン・ドライヴの三基は技術的には一基ずつないし二基ずつを選んで噴射することも可能であり、しかも一基ずつの噴射出力が異なるような操作もできるという優れものだが、ある速度以上で直進している過程で三基の出力を加減することで進路をかえることが可能であって、大きな円弧を描いて方向をかえるため、先の方法よりもずっと長い走行距離を要し燃料消費もそれだけ多くなる。それに低速走行中に急に三点の出力バランスが不均衡な噴射を行うと、船体は独楽《こま》のように回転してしまいどこへむかうか制御不能になるだろう。やはりこの局面でメインの使用は不可だ。

回転している船体が丁度良い位置になったのを見計らってスラスター操作を開始し、今回も先と同様に回転をとめた状態で右横に微速移動する体勢におちつかせることができた。が問題はこれからだ。

「第二ノズルの修理はできないだろうな?」

「はい、無理です。そもそも予備のノズルをつんでいません」

「いっそ残った二基のノズルを外してしまってはどうでしょう? 三基のばらつきはなくなると思うのですが」マリアがいった、

「この宇宙空間でそんな大規模な作業は不可能です。仮に外せたとして三基の噴射力を効率よく一方向に束ねられない、少し壊れたものをもっと壊すようなものですよ」

マリアは頭をかいた。

「二基残ったメイン・ドライヴを何とか活かす手はないかな、宝の持ち腐れだ。充分な前進速度をえるにはどうしてもメイン・ドライヴの推力は使わざるをえないと思うが……」

しばし辺りを重苦しい沈黙が支配した。

そんな沈黙を払うように、ロケット噴射がもう一つあることに中尉がきづいた。探査カプセルのロケット・エンジンだ。カプセルを船外に搬出しカーボン・ナノファイバー・ロープで左舷側の船首部と結び、二基のメイン・ドライヴと右舷船首側と左舷船尾側のスラスターとカプセルのエンジンを同時にふかしながら、メインの出力の不均衡で右へ曲がってゆこうとするシップを、カプセル噴射の左に引く力と、右舷船首スラスターの左に回す力、左舷船尾スラスターの右へ回す力をあわせることで進行方向を一定させながら前進へともっていけないか、いくらかは燃料消費量も抑えられるかもしれない。カーボン・ナノファイバー・ロープは直径一センチの二百メートル物が一本積んである。それから百メートルものを作り、カプセルとシップ前部の適当な位置を結べないか。何か輪っか状の部位があればエイト・ノット（八の字結び）で結べばよい。カプセルの底部にはハッチの把手がある。シップには何かないだろうか……。

「ステーション脇でシップ建造時に船殻のくみたてが完了した後、内部の施工をするために左舷の船首部と船尾部に各一カ所ずつボーディング・ブリッジを渡した際、連結を補助するためのシャックルがけをするクリート（止め具）が二つずつ計四つ残っています。U字型で内径は約十センチあります」

「そうか！ シップには機能的にむだな部位は極力ないようにしてあるが、建造に必要だがその後の航行には不要な部位でも、抵抗や軽量化をさほど顧慮する必要がないから、特に不都合がなく形状的にも小さなものはわざわざ撤去せずそのままにしてあるんだ」

「外れたノズルは右舷側のだ。船首部の左舷二つのクリートに結べばいいんだ」

「さすがは Akiko だ」

問題はカプセルの噴射と左右スラスターのをあわせた力で、二基のメイン・ドライヴで船体が右に曲がろうとする力に拮抗できるか。それからクリートは強力な接着剤で接合されているが、ひきちぎられないかどうかも心配だ。

「そのあたりはどうだろう？」

「計算上は可能と出ています。ただ接着強度は何ともいえません。ヂュラルミン同士を正しいやり方で接着した場合の張力に対する限界値は分かっていて、メイン・カプセル・スラスターの三つの力の総合ベクトルには何とか耐えうる値ではあります。でも瞬間的にどの方向にどの位の大きさの力が発生するか予測できませんし、そもそもの設置段階であくまでも仮設材ですから、別におざなりというのではありませんが格別細心の注意を払って接着作業を行った訳でもありません。なおファイバーと把手の強度は心配ありません」

「……まあ、やってみるしかあるまい。さて、どっちがどっちをやるかだな、コイン・トスできめよう」

「おっと、それは頂けないな。センターにいた頃スタッフの一人にきいて知っているよ、二枚を輪切りにして、両面表、両面裏に貼りあわせたのをもってるんだろう。『マルチェロとコイン・トスはやるな』といわれたよ」

「アランだな、あいつからは二度程カモってやったからな」

「率直なところ、マルチェロはどちらを取りたい」

「俺にカプセルの方をやらせろ。むろん船内でのオペレーションよりずっと危険は大きいが、もしシップに残れば最悪の場合船内には五人だけ、たとえAkikoがいるにしても操船クルーは一人だけになる。俺はそういう状況はどうも苦手だ、Kotaroの方がそんな状況に強いと思う」

私はどちらでもよかった、どちらを選んだところでゾッとしない選択だ。

「それでいいよ、じゃ作業手順の詳細を確認しよう」

「よし、それで行こう。俺に万一の場合の後処理は、パソコンのホームページにある通りにやってくれ。それから冷凍睡眠中のお二人をどうするか話しておいた方がよくはないか。俺が船内に戻れないような事態が生じた場合、ステーションに帰投できる可能性はそれだけ小さくなる。今の状態ではお二人は自分の身に何がおころうが、まったくわからない訳だがそれでいいか、それともやはり自分の最後を認識できる状態に戻すべきか。これは技術上というより倫理上の問題なのかもしれないが、Kotaroとしてはどう考える、マリアとテオの意見もぜひききたいな」

「……シップの操船という面では、学術クルーに期待できるものは何もといっていい程ないだろう。しかも私がまったくの一人という訳ではない、マリアとテオの二人がいてくれるから。しかし、博士達はカプセルに入ってまだ大して時間もたっていないから、覚醒後の回復も短時間で済むだろうし、困難な状況下におこされてもとり乱すような人達ではない事を考えれば、どのような事態が出来《しゅったい》するのか、科学に携わる者としてぜひとも自分の目で確かめたい気持ちは非常に強いだろう」

「……当然そうだろうな。あなた方の考えはどうだろう？」

彼らは目を閉じてしばらく思案しているようだった。それは随分永い時間のように感じられた、我々は辛抱強く待った。でも実際にはものの数秒とたたずにしっかりした口調でマリアがこう答えた。

「私は現段階ではこのままでいいと思います。もしこの試みが不首尾におわるとしてもそれが即我々の最期という訳でもないでしょう。その判断はこの試みの成否がきまる迄先のばしにした方がいいと思います」

「私もそう思います、現段階でいたずらに見物人をふやすこともないと考えます」


　私と中尉は格納庫におりロープを百メートルずつの二本に切断し、二本のロープをカプセル底部のハッチの把手にエイト・ノットで結びつけると、プレ・ブリーズの手順に入った。終了後スーツを装着し、カプセルをグライドさせて船外におしだした。操船クルーの全員が船外に出るのは禁じられているが、この際やむをえない。一人ずつロープの端を手首に括《くく》りつけ、舷側のラダーを伝ってカプセルをひきながら先端に辿りつくと、各人慎重にその先のクリート一個に一本ずつエイト・ノットで固縛した。

「何ともえらくマニュアルな作業だな」

「でも、なんかわくわくしないか」

「確かに、それはいえる」

そしてカプセルをシップから離れるようにゆっくりと、しかし強くけりだした。カプセルはプカプカと漂うようにシップから離れ、二本のロープが張った状態でとまった。二つのクリートを五メートル程の底辺に、カプセルを頂点とする一辺百メートル程の二等辺三角形の体裁だ。そして中尉は命綱を外し私に託すと、自分が結んだロープを両手でゆっくりと手繰《たぐ》りながらカプセルに辿りつき、ハッチをあけると内部に滑りこんだ。把握が十分でない宇宙空間とカプセル内部を一体にするのはあまり好ましいことではないが、それもこの際やむをえない。私の方は中尉の命綱をラダー最先端の梯子段にシャックルし、ゆっくりとラダーを伝ってエアー・ロックに戻り、いつものように消毒行程をへてスーツをぬぎ操船室に帰った。私が戻ったことを中尉に連絡すると一《ひと》呼吸程して彼から応答があった。

「こちらもスタン・バイ完了」

まず中尉がカプセルの噴射を開始、私はカプセル底部のオレンジ色を視認するとすぐ右舷船首スラスターの噴射スイッチを押し、追うように左舷船尾のスラスターを作動、船体の右回転にブレーキがかかりだしたと感じられた瞬間、私はメイン・ドライヴのプラスチック製の箱型のスイッチ・カヴァーをあげた。不用意にふれて不必要な作動をさせないように普段はカヴァーで覆ってある。Akikoにカウント・ダウンを指示する。それをじっと待つ。

途方もなく永い数秒が流れ、やがてAkikoがカウント・ダウンを開始した。

「操作開始二十秒前」

…………

「十、九、八、七、六、五、四、三、二、一、噴射開始！」

あとはメインの出力を徐々にあげながら、それに従って船体が右に旋回しないようにカプセルと両舷スラスターの出力をあげてゆくのだが、中尉はカプセルの下方にあるシップの状態を視認できないので、私が中尉に段階的な出力増加を指示しながら、Akikoの計測値を主に、我々の体感を従に、シップが右なり左なりにふられそうな感触があれば、三種、五基の出力を加減していく。平常の操船時はAkikoの操作に委ねきっているが、このときばかりは私もマリアもテオも一緒に、両脚を肩幅に開いてまっすぐ伸ばしパネルの前に仁王立ちし、各人の両脚の感覚に全神経を集中させ船体が左右に旋回することなく直進しているかどうか体感でも確かめながら、シップを前進加速させていった。キリキリと胃が痛むようなストレスと共に、久しく感じたことのない緊張感で身も心も痺れるようだった。

五基のロケット噴射はうまい具合につりあって、めざす方向にむけて前進の体勢で進行しつつあった。ようし、上々だ！　程なく中尉から次でカプセルの出力は最大になるとの連絡がきた。私はVamos!（スペイン語で「さあ、ゆこう！」の意）の指示をだした。そしてスラスター二基の出力も最大にすると同時に、メインの出力を可能な限り小刻みに増加させていった。あとは所期の進行方向を維持しつつ、これ以上メインをふかすと直進ができない＝右旋回を始めると判断される時点で、三種の噴射をまずメイン、ついでカプセルとスラスターをタイミングを見計らって（ここでもAkikoの計測と私達の体感が一致することが重要だ）きるという繊細な作業が残ってはいるものの、大きな一山はこえた。中尉にもそれを伝えるとぽっと心に花火が（線香花火程度のものだが）さいたような心持ちがした。

そのときだった、船体がグンと左にひっぱられる衝撃があった。我々の体が右にふられる感じがあり、操作盤に掴まり辛うじて身を支えた。何が起こったのか一瞬理解が及ばなかった。反射的にモニター・スクリーンを見るとカプセルとシップを結んだロープの船首側の一本がきれた凧糸のようにまっているのが映しだされている。クリートの一つがひきちぎられたのだ。又しても、好事魔多しというやつか。

「マルチェロ、大丈夫か！ 応答しろ、マルチェロ！」

答えがない。カプセルの噴射は継続している。私は反射的にメイン・ドライヴの噴射を停止した。これ以上残った一つのクリートに負荷がかかり続け、それもひきちぎられては一大事だ。左右のスラスターも切ろうとしたが、クリートへの負荷をなるべく小さくすることを慮《おもんぱか》って最小の出力を維持した。次第に船体が独楽のように左に回転を始めるのが体感でも判然とわかった。その間もテオと二人で中尉をよび続けた。一分程して中尉から応答があった、少し朦朧《もうろう》とした感じの声だ、

「クリートがひきちぎられたようだな」

「大丈夫か、けがはないか？」

「右体側を内壁にうちつけた。スーツには破損はないようだ」

「今すぐ噴射をきれ、できるか？」

「……きった」

私も即両舷のスラスターをきった。

「モニター・スクリーンに俺のカプセルは写っているか？」

「ああ、ロープ一本で繋がっている。残ったクリートとそちらの把手が心配だ」

「……進路はどうなった？」

「大きく左にぶれている。こちらの状況を確認でき次第またすぐ連絡する、このまま待て」

「Akiko　ジャイロ・コンパスは大丈夫か？」

「この程度の衝撃ではまったく問題ありません」

「その他の機器類はどうだ、特に空気清浄や温度調節関係機器に異常はないか？」

「特に不調は認められません」

「一安心だな。進路はどうだろう？」

「船体は反時計回りに四十秒位で一回転しています。回転しながらステーションに対し約八時の方向に遠ざかるように進行しています」

……さてどうするか。

「姿勢制御を完全に失っています。カプセルとシップが激しく接触すれば大変です、一刻も早く残ったロープをといて両者をきり離す必要があります」

確かにカプセルとシップの動きはばらばらで同一方向に制御されていない。カプセルを繋いだロープはまだ一つ活きているが、これ以上カプセルの噴射を使う案はすてざるをえない。マルチェロの状態はどうだろうか。

「マルチェロ、きこえるか?」

「……」

「マルチェロ、応答しろ」

「……きこえる、カプセルには破損はないようだ、ハッチの把手がどうかはわからない」

何か息のまじった喘《あえ》ぐような声だ。

「声が普通じゃないぞマルチェロ、けがをしてるんじゃないか?」

「Kotaro　私が話す」テオが私を遮《さえぎ》ってかわった、

「マルチェロ、テオだ、私のきくことにSiかNonで答えろ。肋骨が損傷していると思う。喋ると痛むようだが、折れた骨が肺を圧迫していると思うか?」

「Si」

「呼吸をすると痛むか?」

「Si」

「鈍痛か、疼痛か」

「後の方」

「右腕を動かせるか?」

「Non」

「俊敏ではなくともゆっくりなら動けるか?」

「Si」


　テオの表情には厳しいものがある、事態は深刻のようだ。

一刻も早く彼をカプセルから回収しロープをとかなければならない。私はプレ・ブリーズの効果が残っているのですぐにでも船外にでられる。しかしここは全員の了解が必要な局面だ。私を船外作業に送りだして万一の場合、操船担当の人的クルーがいなくなってしまう。それに首尾よく中尉を回収できたとしても治療が可能かどうか何ともいえない。テオが提案した。

「わたしが救助にむかうのはどうだろう。たしかハード・タイプのスーツも搭載されている筈で、あれならプレ・ブリーズは必要ないんだろう」

それはその通りだ。しかし、

「テオ、それはだめだ。ハード・タイプのスーツは相当訓練を積んだ者でも運動能力が格段におちる。特に手指が五本一体構造で、ソフト・タイプの様なミトン状ではないから親指の機能がほとんど期待できない。カプセルに辿りつくのもほぼ不可能だ、もし無事辿りつけてもマルチェロをつれて船内に戻るのは無理だ。やるとなれば私しかいない」

「Kotaroさん、あなたがこれ以上船外に出るのは好ましくありません。危険を冒してマルチェロを船内に収容しても有効な手当てができるでしょうか、どうですかテオ? 何とかマルチェロに自力で戻ってもらうことはできないでしょうか」

テオに答はなかった。

「マルチェロの意見もきいてみましょうよ」

「彼も状況はよくってわかっています、きけば一人で大丈夫だと答えるにきまっていますす」

「そうね、暗に因果を含めることになるだけね」

「しかし痛みで右腕はほとんど動かせない、特に体側から離す動きはまったく無理だろう」

「行きなさい、Kotaro!」マリアが促《うなが》した。

Akikoも何もいわない。

「マルチェロ、すぐ救出にいく」

「来るな、Kotaro!」血をはくような叫びだった。

「二人に万一のことがあると操船クルーがいなくなる、うまく船内に戻ったところで治療の施しようもなかろう」

それはそうかもしれないが……、

「マルチェロ、活きているロープをたぐってクリートまで辿りつけ、そこでまっている」


まもなくカプセル底部のハッチが開き白いヘルメットが現れた。私はラダーを伝って先端に辿りついた。活きているクリートが一メートル程先にある。中尉はあたかも祈るように胸の前で両手をあわせてロープを掴み、痛めていない側の左手を前方にのばし体をひきよせながら、まるで尺取り虫のようにシップににじりよってくる。ロープがぴんとはりつめていないのでますますやりにくそうだ。残りは六十メートル位だ。私はまった、途方もなく永い時間のような気がした。中尉の動きはいよいよ緩慢になり少し進むのに大変な苦労をしているのがはっきりわかる。私はまちあぐねた、というよりまっている場合ではないと判断した。たゆたうロープを両側からたぐりよせるのはかえって危ない、

「マルチェロ、それ以上動くな、両手でしっかりロープを握ってそこでまて！」

私は船体に両足をふんばると、なるべくロープが振動して撓《たわ》ませないよう慎重にたぐりながらカプセルをひきよせ始めた。いくら無重量空間とはいえ質量は二・八トンあるカプセルをひきよせるのは大変だ。だからといって、やみくもに力任せにひいて動きだしたカプセルに惰力がついてはシップに激突してしまう。さながら象でもひきよせるように一歩ずつ、一歩ずつだ。ひきよせた分は輪にして左肩に担《かつ》いだ。そして中尉が二十メートル位に近づいたところでひくのをやめ、ラダーの最先端の段にシャックルした中尉の命綱を自分の分の隣にシャックルすると、ロープをたぐりながらもう一匹の尺取り虫のように中尉ににじりよっていった。今や一メートルと少し先に中尉の左手がある。私は左手でもう一たぐりして、右手をのばし彼の左手の方にさしのべそれを掴もうとした。中尉も私の右手を掴み返そうと反射的に左手を私の右手の方にのばした。

と次の瞬間中尉の身体がふわッとロープから離れるのがみえた。

「マルチェロ、どうした、マルチェロ！」

「……」

「マルチェロー！」

「……すまない Kotaro これまでだ。 ……Adios, Kotaro! Adios, Amigos! Vayan con Dios!（さよなら、こうたろう！ さよなら、友よ！ 神の御加護を！）」

苦しげな息の下からそう叫ぶと、中尉は少し左手をふってみせたように思えた。それからゆっくりと全方位に回転しながら我々から遠ざかっていった。それはほんの三月《みつき》程前、我々がみることを強いられたばかりの光景の再現だった。

「なぜだ？」 私は音にならない声で叫んだ。

彼の手をとるより先にベルトに命綱を繋ぐべきだったかもしれない、もりこまれる錐のような後悔が私の心を苛《さいな》んだ。私は逆戻りして肩に担いだロープを宙に放ち、ついでクリートからロープをときカプセルをシップからとき放した。二本のロープがゆらゆらと舞って糸のきれた凧の脚のようだった。

私はラダーに戻り、喘ぎながらエアー・ロックをめざした。

私は船内側の扉に凭《もた》れ崩れるようにへたりこんだ。体内に溢れる、とけた鉛が急激にひえてゆくような重たい疲労感、そして底なし沼にひきずりこまんとでもいうような睡魔に襲われた。腕時計をみれば最後の睡眠をとってから三十時間はたっている。

テオが迎えにきて操船室への歩行に肩をかしてくれた。

「お帰りなさい」マリアがいった。

「できれば少し眠りたいのですが……」

「構いませんとも、今暫くは操船を私達だけに委ねても問題はないでしょう。緊急の対応が懸念される事態が生ずればすぐおこします、申し訳ないけれど」

「テオはいかがですか?」

「私もまだ大丈夫です、マリアと状況をウォッチします」

「もし不測の事態が生じたら、構わず必ずおこして下さい」

私は這いずるように個室に戻り、ベッドに身を横たえると同時に眠りにおち水を含んだ綿のように眠った。


いつかゆらゆらと目をさました。

濡れティッシュで顔をふき、軽いミント・フレイヴァーの消毒液で口内を洗浄し、ヴァキューム・シェイヴァーで髭をそった。それから操船室にいった。

「おはよう、Akiko」

「お早うございます、Kotaroさん」

「マリア、テオ、お疲れ様、交代します、休んで下さい」

「ええ、そうさせてもらいます、さすがに眠りたいわ。この十二時間中に特にひきつぐべき事項は何もなかったと思うけれど、最終確認はAkikoにして下さい。ただ一点、テオとも話しあったのですが冷凍睡眠中のお二人をおこしてあげなければなりません。操作は一眠りした後で私とテオが二人で致します。あっ、あなたは少し食事をとった方がいいわ、その位はまだ私達もおきていられます、ねえテオ」

「ありがとう、そうさせてもらいます」

私は個室にとって返し、手早く食餌を摂《と》るとサーヴァー・カウンターに戻りコーヒーをのんだ。水、コーヒー、紅茶は五人でのむには十分すぎる程残っている。マリアとテオは個室にさがった。操船を一人で担当するのは禁じられているが、これもこの際やむをえない。


　私はAkikoと二人だけになるとすぐ現状を把握する作業を開始した。

　今シップは相変わらず反時計回りに回転しながら、ステーションから大きく逸れた方向に進んでいる。無論このエリアのチャートはない。進む先にはスウィング・バイに使えそうな天体は今のところ認められない。仮にあったとしても残ったプラズマ・エンジンとスラスターの組み合わせではとても無理だ、三分の二のメイン・ドライヴではなおさらだ。ウィンド・シールドから前方を眺めると周囲には完璧な闇黒が広がっている。このエリアには天体が認められない。だが進行方向のはるか左手にポツンと銀色に輝く塊がみえる。Akikoに指示してズーム・アップしてもらうとそれは未知の星雲のようだ、どことなく疑問符のような形状をしている。そして我々が漂流しつつある彼方前方にはあの朱雀門がある。鬼門のように敬して遠ざけてきたその方にまたしてもむかっている。

「現時点で何かうつ手がありそうか?」

「鋭意検索中です」

彗星の出現、ベルナデット星でのフレアー発生、機械の破損、どれもおこらないことを願う事態だが、全ておこりうる事ではある。しかしこう踵《きびす》を接しておこるとは一体どういうことなのだろう。偶然の悪戯なのだろうか、それとも何か得体のしれない巨大な悪意のなせる業なのだろうか。凶暴に荒ぶるものがマグマのようにわき上ってきて、私は呪詛の言葉をはきちらしたい衝動にかられた。さながら死に遅れた者の魂呼《たま》ばいのように『俺はここだ、俺も連れて行け!』と絶叫したい制御不能な怒りを感じた(魂呼ばいとは、残された者が離れてゆこうとする死者の魂を呼び戻そうと叫ぶことである。生の向う側のものに呼びかけるのはいいが、この内容は言葉の定義にそぐわない。コータローは言葉の意味を誤解している)。でもそんなことをしたところで何になるだろう。私の叫びは船外の虚空ではそれを伝える媒体がない、船内に虚ろに響くだけでどこへも届かない。そもそもこれは人間の意思が綾なした固有の物語ではまったくない、人意をこえた自然法則の決定性がもたらした事態なのだ。

私には、例えば愛、例えば信仰といった縋《すが》るものや逃避する当てがない。ふり返れば私はこれまで運命を謙虚にうけいれてきたと思う、自分の意向にそわせるよう足搔《あが》いたことは一度もないつもりだ、何ものからもこんな罰をうける謂われはないはずだ。ときに運命は正当な理由もなく人を罰し、さしたる根拠もなく許したりする、それはそういうものかもしれない……。しかし、それでもなお、私はこのあてがわれた運命に鞠躬如《きっきゅうじょ》として従うのは嫌だ！　断じてこのような仕打ちはうけいれられない！　それに私にはまだ諦めることは許されない。刑天（中国古代の地理書『山海経』に現われる神話上の怪人。天帝と戦って敗れ首をきり落されたが、乳を目としカッと見開き、臍を口として大音声《おんじょう》でよばわりながら、矛と盾をもって戦い続けたという）のように闘い続けなければならない、この憤怒を力として。私が最も不得手とする役どころだが誰かがやらなければならない、そしてその誰かは今は私一人しかいないのだ。
怒りは易しい感情だ、しかしなまじ難しい感情よりずっと強い。今絶望の大海に攫《さら》われそうな私をひきとめる堅固な防波堤になってくれている。残った五人のクルーの生命のこともあるが、そもそもこのミッションで最も大切なことは、航海と探査でえた情報を地球にもち帰るということだ。むろんクルー全員がそれを携えて生還するのが最も好ましいが、不幸にしてそれが叶わない場合、収集したデータだけでも届けられればこのミッションの目的の半分以上は達せられたといえる。ここからでは送信電波はステーションにまったく届かない。また Akiko 自体も将来どうなるか予測もつかない。たとえ万に一つの僥倖的な可能性しかないとしても、ステーションに届けるべく何らかの発信を試みておかなければならない。

やがてマリアとテオがおきてきて学術クルーを覚醒させ、二人の意識が平常に復した時点で五人全員が操船室に集まり、私から現状と、とりあえずしてほしい作業について説明した。私は Akiko に保存されているここまでの全行程の記録と操船クルーがつけた航海日誌を、学術クルーは業務日誌と収集後大まかに編集された全観測データを、マリアとテオは彼らの業務日誌と医学データを、それぞれメモリー・スティックにコピーした。そして各人の遺志（となるかもしれない）を便箋に手書きし、さらにそれを自身の声でよみあげたものをヴォイス・メッセージとして四本目のスティックに残した。四本のスティックと、クルー五人の最後（になるかもしれない）の伝言を認めた便箋をいれた五枚の封筒を、ヂュラルミンのシリンダーに収容し、それを一メートル程のシャトルに収めステーション方向に射出した。運よくシャトルがメーデー信号を発信している間に、その信号がステーションに届く範囲を通過してくれれば、彼らがそれを捕捉・回収してくれるかもしれない。よしんばそこで拾われなくても、いつか、どこかで、誰かが、あるいは何かが、それを回収し内容を解読してくれるかもしれない。

光太郎の手紙

『兄さんお元気ですか、光太郎です。センターでの一別以来、五年と九カ月程がたっています。義姉さんはいかがお過しでしょうか。私が出発後うまれたであろう子供は入学の期待に胸躍らせている頃でしょうか。今私は地球から一・二六一四×十の十三乗キロ離れた、ベルナデット星の西南西五億四千三百万キロの地点でこの文章をかいています。

事ここに至ったかいつまんだ経緯は、以下の通りです。

（略）

シップで生存しているのはオガーマン、マルケス、トイロフェーワ、クラヒポテレスの四博士と私の五人です。ニールセン船長とモレッティー中尉は殉職されました。このまま漂流を続ければ、あと千日位で事象の地平線を超えると考えられます。この事態を避けることは容易《たやす》いのですが、そのためには別の不都合を選択せねばなりません。私の生存の可能性に関しては、帰還してみんなに再会するのは難しいと思われます。でも言葉もつきて最後の息をはくその瞬間まで、できるだけのことはするつもりです。もし私が消滅してもそれは純粋に物理的な出来事で、何かが意思をもって私を抹殺するわけではありません。私は何に対しても憤ることはできません、一抹の無念のような思いがあります。無論平穏に寿命を全うしたからといって、思い残すことがない一生を送れたかどうか自信も確信もありませんが……。私の消滅による不在で経済的に難儀する人はいませんし、精神的に影響をうける人々も多くはないと思います。母の心はよくわかりませんが、子を失って愉しいはずもないでしょうから、私の分まで孝行願います。私の資産は出発前にお願いした通りに処理願います。重ねて葬儀は無用です。

ただ兄さんに一つだけうちあけておきたいことがあります。

あれは私が五つになった夏のことでしたが、兄さんが四泊五日の林間学校へ行ったことがあったでしょう。留守の間、お祖母ちゃんが私達のためにかってくれた番《つが》いの金糸雀《カナリア》の世話を頼まれました。意外にも姉さんはそれらに無関心で私達二人が面倒をみていましたね。実に霊妙な声でなくのが素敵で、特に兄さんは大変な可愛がりようで雄と雌をききわけられる程でしたよね。

兄さんがたって三日目の乾燥した暑い昼下がりのことでした。外は乾いた微風が通《かよ》っていたので籠を室内からだし、日陰になった玄関ポーチの長椅子の上にのせて私は庭に散水していました。やがてけたたましくなく声がきこえてきたので私はポーチの方をふり返りました。籠の中で一羽が激しくなき叫んでいるのでホースを放りなげ急いでかけよると、籠の底で一匹の白い蛇が一羽を呑みこんだところでした。私は激しい怒りに捉えられ、籠の外の尾を摑み白い紐をひきずりだすと、もう一方の手で頭部のすぐ下をしっかと捕えました。蛇は激しく身を捩《よじ》って逃れようとしましたが、身の丈一メートル半位、太さは二センチ程の蛇で、子供の力でも逃すことはありませんでした。全身真っ白でルビーのような紅い眼をした大層綺麗な生き物で、激しく身悶えしながら懸命に私の両手の桎梏から逃れようとしていました、胴の一部が膨らんでいたのはたった今のみこんだ金糸雀のせいだったのでしょう。私はその頭部を私の顔に近よせてその目を覗きこみました。蛇も私を見つめ返しているようにみえましたが、やがてその両の眼から小粒のエメラルドかと見紛うような翠《みどり》色の滴が溢れだしました。白、紅、翠、その鮮かな色の対比を私はこよなく美しいと感じました。先程の激怒は消失していました。

どの位の時間そうしていたものか定かにはわかりませんが、やがて私はその場にゆっくりとしゃがみ、両の手を庭の芝生に下し強く握った掌をゆっくりと開きました。優美な白い紐は即座に逃ようとはせず、なぜか暫くそこに蹲《うずくま》っていましたが、やがてゆっくりと蠕動《ぜんどう》しながら私から離れ、生垣に入る直前にふと私の方をふり返るように首を回し私を見つめ返したようでした。そしてむき直ると生垣のむこうにきえました。

生き残った一羽は二度と歌うことはありませんでしたね。余りの恐怖に歌う声を喪失したのか、それとも連れ合いを失した悲しみに歌うことを想えなくなったのか、私達にはわかりようもありませんでした。帰った兄さんからは、ずいぶん不注意をせめられました。そして一羽を殺《あや》めた蛇は石で頭を砕いてその報いをうけさせたと嘘をついて、少しでも兄さんの怒りと不興をそごうとしました。

その後、兄さんはなかない鳥に以前とかわらぬ愛着を示し続け、かつての鳴き声をとり戻させようとしていましたね。私も罪滅ぼしの気持ちもあって以前に倍して面倒をみましたが、一カ月程して籠の底で動かなくなっていました。あの時みあげた兄さんの横顔は今も忘れることができません。二人で生垣のところのミモザの根元に埋めてやりましたね。姉さんが後ろで腕組みしながら私達の作業を見ていましたが、その表情からは何の感情もよみとれませんでした。

実は私はその後もう一度その白蛇を見ました。ある初秋の午後のことでした、沼の畔で本を読んでいると背後に微かな気配を感じました。ふり返るとそれが草むらから出てきてこちらにむかってきました。私を恐れる風もなく手の届きそうな距離でとまると首を擡《もた》げて私をみあげました。私もルビーの様なあの眼をみつめ返しました。どの位みつめあっていたでしょうか、ずいぶん永い時間のようでもありましたが、ほんの一瞬をストップ・モーションしたようでもありました。瞳がないのでその感情をおし量る術はありませんでした。やがてそれは私の脇をすりぬけ沼に入り蛇行して泳ぎながら真ん中辺りまで行き、とぷんと水中に潜ってきえました。幾重かに広がった水の輪もおさまり穏やかな水面が戻りました。それきりでした。

でも私は思うのです、あの大層綺麗な生き物は、今も、どこかで、確かに生きていると』

私は書きおえると船長室に行った。クルーの私物の持ち込みは必要最少限に制限されており、整理整頓は至上命令なので特に私がどうこうする必要もないのだが、操船室のボードに掛けてあったＩＤプレートを、元夫人や子供達と写った写真の前に置き、作業中のカティー・サーク号のボトルを、クローゼットを開いて最初に手掛けた彼の先祖達の一本マストのガレー船のボトルの隣りにおいた。その昔四つの海を航海し勇名を轟かせたヴァイキングの息子の亡きがらは今どこを漂っているのだろう、私は粛然として黙祷した。

次に中尉の部屋に行きご両親と妹さんと写った写真の前にプレートをおき、ベッドにかけて彼のギターでコードを三つ四つならしてみた。それから操船室に戻りコントロール・パネルの椅子に座った。Akikoと力を合わせて帰投の可能性を模索せねばならない。単にブラック・ホールに呑みこまれるのを回避するだけならそれは可能だが、あてもない方向に彷徨《さまよ》いだしても意味がない。緩やかだが別の終末がまっているだけだ。とにかくステーションにこちらの発信電波が届く地域を通るようにしなければならない。それは救援が到達できるエリアを意味する、それも近ければ近い程好ましい。今我々のなすべきことは少しでも長くいきのびることではない、いきてきめられた場所へ帰ることなのだ。まあゆっくりあらん限りの知恵を絞ってみよう、一年二年もはかけられないが一日二日を急ぐことでもないのだから。

なかなか妙案もうかばないままさらに一週間が過ぎた。シップは朱雀門の方へすいよせられるようにむかっている。ズーム・アップすれば、梁の上に掲げられた板に何か文字と思しきものがよみとれる。

◎ψ〒＊§¶&λΓξΦΛ　δΠζΦΩΨ　λЖбл∈ϰфЮ∞

Akiko にきいても彼女の内に蓄えられたどの言語にもあてはまらず、文字か文様か判読不能とのことだ。しかし私にはこういう意味の碑文のように思えた、無論単なる直感で何の根拠もないのだが。

ここは入り口にして出口　汝らはただ一度だけここをくぐる

無限の中をうけとめてくれる手もないままに落下してゆくのだろうか？　そう思うとすさまじい恐怖におし潰されるように、私はその場に蹲った。そんな私を覆い包むようにAkikoのおちつき払った声がこう語りかけた、

「そんなに怯えることはありませんよ、コータローさん。このシップの酸素はあと六年半しかもちません、あなた方の恐怖はどんなに続いても六年半です。もっともこのままではそれ以前にもっと激甚な事態が発生するでしょう。むかっている先には、私の能力でも計測しきれない程の巨大な重力場が存在しています。私がしる限りのどんな物質をもおし潰すような巨大な重力のようです。コータローさん達は芥子粒《けし》よりも遥かに小さく圧縮されてしまうでしょう、とてもいきていられる状態ではありません。それまであと三年位です。でも私には一つ心配なことがあります。そんな重力場の中ではこのシップの船殻も持ち堪えられません。シップは胡麻粒よりもさらに小さく圧縮されて、中の皆さんをおし潰してしまうでしょう。それが瞬時におこるなら皆さんの苦痛も一瞬ですみますが、たとえ数秒でもなにがしかの時間をかけて進行する場合は、皆さんの苦痛もその間続くことになりま

す。どうしようもないにせよ、このシップが皆さんを殺《あや》める凶器になるのをわたしがとめられないのはとても辛いことです。

もっともホール内では大量の熱が発生している可能性が高いので、ホールの圏内に入ってどこかの地点で重力の影響をうけるより先に、高熱のためコータローさん達の身体は気化してしまうかもしれません。この方が私としてはまだ気が楽です。そしてわたしも非金属部分がとけて作動出来なくなり、おって金属部分もイオン化するかもしれません。一点におし潰されるか、気化してしまうか、どちらが早くくるかまだ予測できません」

「重力にせよ熱にせよ、我々が何か異変を感じてから何も感じられなくなる時まで、どの位の時間だろうか?」

「わかりません。判断に必要なデータが今のところ何もありませんので、あくまで推測ですが、ゲートをくぐってからだと一時間以内、異変を認識してからだと一分以内ではないでしょうか」

「わが身を挺してサンプルになるのにデータがとれないわけか」

「勿体ないことです」

もっともそんな事態をさけたければ、スラスターなりメイン・ドライヴの噴射で現在の進路方向をかえてやればいいだけのことだが、生還の可能性がある航路につけるかどうかが問題だ。予見できる終末をさけるため別の終末に先のばししても結果は同じだ。極限の飢餓状況でカレー味の○○○か、○○○味のカレーか選べと迫られるようなものだ。しかしホールにひきこまれるのをさけて六年半彷徨っている間に、外部から助けが訪れる可能性も億万に一つ位はあるかもしれない。それに、

「六年半たって我々が死ぬとしても、Akikoがだす救助信号はその後どの位だし続けられる?」

「千年位は可能です」

「せっかくミッションで入手したデータをいかす可能性を最後まで追求するなら、そちらの行動を選択すべきだろうな。しかし、もしそれが回収されてもその時点でデータがまだ有用かどうかわからないが……」

私としては、どの道死なねばならないものなら最後に未知の体験をした上でおわりたい気もする。特に学術クルーのお二人はたとえ命とひきかえでも、いまだかつて誰も経験していない未知な事実を体験したいという、科学者として抗し難い誘惑を一方で感じておら

れるようだ。しかしそれは選択肢が何もなくなった段階での最後のそれとすべきだろう。

ある日ふとマルケス博士が、例の茫洋とした口調で尋ねた、

「素人の素朴な質問で恐縮ですが、このシップには何らか適当な物体の質量を限りなく増大させて重力場の窪みを人為的に造り、適当と判断される消失点近く迄シップがおちこんだ時点で、増大させた質量を瞬時に復元させるような装置はないのですか? 窪んだ平面が瞬時に平面に戻れば、丁度トランポリンではねあげられるように弾きだされて、かなりの高速で移動が可能と思うのですが」

「素晴らしいお考えですわ博士、地球に戻ったらそのアイデアでスペース・オペラをおかきになるとよいと思います、ベスト・セラー請合いですわ」マリアが茶々をいれた。

「いやー、これはどうもお恥かしいことをいったようだ」

いーや、そんなことはない。人が想像出来ることは実現できるという、いつの日かそれは可能な技術となるかもしれない。が現時点ではフィクションの領域である、我々はまだ時空を制御する術を手にしていない。

「何か打つ手はないだろうか?」

「現時点ではまだみつかりません、さらに検策します」

このAkikoが、これだけの時間をかけて探しても見つからないということは……、

「ふーん、しかし君はよくそんなにおちついていられるな、羨ましいよ。僕は恐くて失禁しそうだよ」

「私は機械です、愛も懼《おそ》れもありません」

「あー、そうだったな、忘れていたよ」

「……ありがとう、コータローさん、そういって頂いて本当に嬉しいです」

私は彼女のその言葉をそのままうけとった、人間だって学習できるのだ。

「可能性がないなら作りださねばならないですね。でもいかに五人が、いや六人というべきかな、額をよせあってもそんな神技のような芸当がはたして……」隣でテオが呟いた。

「まあ、いける所までいってみましょうよ。私達は死ぬことはあっても殺されはしないわ」

　こんなハード・ボイルドな文句を実にさりげなく発するマリアは全く『ハラショー!』(ロシア語で「万歳」の意)だ。捨て鉢な空元気でなく、我々の萎えそうな心を、力強くそして優しく叱咤激励する力にみちた雄々しい彼女であった。

かつて誰もしたことのない体験を我々はすることになるかもしれない。愛もなく、憧れもなくその成り行きを目を瞠《みは》って見届けよう。もしそれが限りなく壮絶なものだとしても、それで我々の残りの人生を購《あがな》うには余りにも短く、しかもそれを語り残せないのはいかにも残念だ、がそれもやむをえない。もっとも何の高揚感もない味気ない平板で悲惨な選択肢をとらざるをえないかもしれない、いや、とるべきだろう。でも今は何とかしてこの窮状を脱するためのアリアドネの糸をみつけださねばならない。それが蜘蛛の糸ほどの頼りなげなものでも、そしてもしそれが多大な犠牲を払って購わねばならぬものだとしても、それが必要な対価ならそれも仕方がない。どうしてもそれがみつからなければ、もし私が消滅しなければならないなら、そのとき私の中にとじこめられている何かも解放されるかもしれない。

無の暗黒のてり返しをうけるとき、生は目映く光り輝く。

自己犠牲というものはある種甘美で自己陶酔的な感情をうむ。私の心に壮麗なカンタータがなり響いた。さっそく私は Akiko に指示した、シップの進行を然るべき方向にむけるのに有効なら、私の命を使ってでも策をみ出すようにと。しかし言下にこう否定された、

「相手が強大すぎて、人の命など何の武器にもなりません」
にべもない彼女であった。

私はしばしば操船をマリアとテオに代ってもらい中尉の部屋にゆき、彼のギターを手にとると航海の徒然に彼から習ったパッセージをかきならした。シンコペートされたタンゴがまじったワルツだ。それは、あの巌《いわお》に刻まれたような父の如き船長の面影、そして南天にもえる太陽のような中尉の笑顔に捧げる、拙くとも精一杯の鎮魂歌《レクイエム》だ、

ボロロン・ボロン・ボロン、ン・チッ、チキ・チッ・チ、ザップ・ザップ・ザップ
ボロロン・ボロン・ボロン、ン・チッ、チキ・チッ・チ、ザップ・ザップ……
ボロロン・ボロン・ボロン、ン・チッ、チキ・チッ・チ、ザップ……
ボロロン・ボロン・ボロン、ン・チッ、チキ・チッ・チ……
ボロロン・ボロン・ボロン、ン・チッ、チキ・チッ……
ボロロン・ボロン・ボロン、ン・チッ、チキ……
ボロロン・ボロン・ボロン、ン・チッ……

ボロロン・ボロン・ボロン、ン……
ボロロン・ボロン・ボロン……
ボロロン・ボロン……
ボロロン……
……

さよなら光太郎、ここから先は私達は一緒にいけない。私達にできることは、あなたがその全身全霊をつくしてこの状況にたちむかうよう、そして望むらくはその結果がめでたいものであるよう祈ってあげることだけです。それはあなたの務めであって、他の何人もかわってはあげられないのだから。あなたの傍で、あなたと一緒に闘うことができたらどんなに嬉しいことでしょう。しかし、できないことはできないのです、どうかわかって下さい、そして許して下さい。

さよなら、こーたろー！

さようなら……

全てが終わろうとしている、この物語はそこから始まる。

あれから何世紀も経っている
あの日私が馬車の轅《ながえ》を永遠に向けたと信じたときから
E・ディッキンソン　による

あとがきにかえて

運命といったものがあるのだろうか？ 随分前から時々考えてきた。星まわりとか巡りあわせとか、もっと卑近には運がいいとか悪いとかいう。答はだせていないが、大多数はそんなものとは無関係だと思う。自分のまいた種を刈っているだけで、全て自助努力のご褒美、あるいは自業自得、身から出た錆のようなものだ。でも僅かながら、その人の才能・努力の対価とは思えない人生を享受している人もいれば、どうしてこの人がこれ程不遇なのだろうと思う人生を強いられている人もいる。

賢明な読者諸氏なら、後者の僅かが無視、黙殺してよい程少くはないことをお察しのことと思う。前者の大多数に関しては格別の不都合もないだろう。でも後者の内、特に努力・才能・人格で決して他に劣る訳でもないのに、応分の扱いをうけていない人がいるのはなぜなのだろう？　いつも憤りを感じてきたし、今でも感じている。

もし運命があるのなら、それは何を基準に寵児と里子をわけているのだろう？　全く理解できない、この不愉快な不公平はどこからくるのだろう？　『人生とはそうしたものさ』時に不都合な扱いをうけていない人はよくそう口にする。そうかも知れない。でもそうした割り切り方を、私はあまり好きになれない。

最後に題名のラケシスについて付言しておきます。彼女はギリシャ神話の運命の女神達、三姉妹の一人。クロトが運命の糸を紡ぎ、ラケシスが糸巻きに巻取る、つまりその長さをきめ、アトロポスがそれをたちきる。クロトは現在、ラケシスは未来、アトロポスは過去を司るといわれている。

ラケシスの顰《ひそみ》

2018年5月1日初版第1刷発行

著　者　白鳥美砂《しらとりみさ》

発行者　日高徳迪

装　丁　臼井新太郎装釘室

印　刷　平文社

製　本　高地製本所

発行所　株式会社西田書店

〒101-0051東京都千代田区神田神保町2-34山本ビル
Tel 03-3261-4509　Fax 03-3262-4643
http://www.nishida-shoten.co.jp

ISBN978-4-88866-624-4 C0093
*乱丁・落丁本はお取替えいたします（送料小社負担）。